随风飘去

李建军 著

花山文艺出版社

图书在版编目（CIP）数据

随风飘去/李建军著. —石家庄：花山文艺出版社，2019.3（2021.1重印）
　ISBN 978-7-5511-1787-6

　Ⅰ．①随… Ⅱ．①李… Ⅲ．①短篇小说－小说集－中国－当代 Ⅳ．①I247.7
　中国版本图书馆CIP数据核字(2019)第028817号

书　　名	随风飘去
著　　者	李建军

责任编辑：	刘燕军
责任校对：	温学蕾
美术编辑：	胡彤亮
出版发行：	花山文艺出版社（邮政编码：050061）
	（河北省石家庄市友谊北大街330号）
销售热线：	0311-88643221/29/31/32/26
传　　真：	0311-88643225
印　　刷：	三河市华东印刷有限公司
经　　销：	新华书店
开　　本：	650×940　1/16
印　　张：	14.5
字　　数：	180千字
版　　次：	2019年6月第1版
	2021年1月第2次印刷
书　　号：	ISBN 978-7-5511-1787-6
定　　价：	38.00元

（版权所有　翻印必究·印装有误　负责调换）

目录

断片之后 / 001

养狗记 / 022

糟糕的手机 / 038

蹚过屈辱之河 / 065

爱心与阴谋 / 074

心魔 / 085

寻访记忆 / 094

随风飘去 / 103

狐狸谷 / 114

篱上的秋天 / 126

最后一个伏天 / 138

云姑 / 148

后娘泪 / 157

方向盘 / 165

故 乡 往 事 / 172
村 野 志 异 / 185
小 村 人 物 / 196
近　　邻 / 205
我不懂鸟语 / 211

代跋一：蓦然回首李建军 / 218
代跋二：在现实风情中开掘人性渊薮 / 221

断片之后

一

刘书伟觉得自己突然不行了，只动作了几下，就精神涣散力不从心。

妻子余梦佳轻轻地叹了口气，说："别勉强了，休息吧。"

刘书伟已经转过身来，平躺着，半晌，嗯了一声。

他在黑暗里睁大眼睛，缓缓且深深地吸气，再缓缓地吐出来，这样，他觉得心里变得舒服些。他不想让妻子听出什么异样，但她还是感觉到了，说："睡吧，别想那么多。"

他怏怏道："没事的，最近可能是太累了，压力有点大。你先睡吧，别管我。"

她不再吱声，不一会儿，就响起了轻轻的鼾声。

余梦佳不是个尖刻的女人。心宽体胖，这话不假。

刘书伟以往不是这样。他才三十来岁，身体向来不错，关键是他对余梦佳还很贪恋。他喜欢她凹凸有致的身材，在他看来，这样的女人既有手感又有视觉享受。

但现在，他心里有事，关键时候，心里那根弦突然一阵悸动，一切就变得趣味索然了。

这一夜，对刘书伟来说，注定又是一个不眠之夜。

那天是圣诞节。清晨五点多，刘书伟就被手机铃声吵醒了。他头昏脑涨，浑身无力，心里还油腻腻的难受，昨晚上的酒显然喝多了。

"伟哥，酒醒了吗？"打电话来的是老朱，大名朱丛林，他的大学同窗。昨晚上，他们一起参加了在云华宾馆举行的总裁联谊会，一块儿喝的酒。

"干吗？一大早的，明知我喝多了，还不让我多睡会儿。"他心里有点不快。

"我在你家楼下，你快下来，有要紧的事告诉你。"老朱语气凝重，声音听上去有些着急。

他莫名其妙，问道："什么事呀？"但对方已经把手机挂了。

刘书伟穿上衣服，牙没刷、脸没洗就下了楼。他想过会儿回来再接着睡会儿。

老朱站在楼下，抽着烟，表情严肃。

"你神经啊，这一大早的……"刘书伟从楼洞口走出来，嘴里还嘟嘟囔囔的，但见老朱有别往常的严肃样子，加之外面冷风嗖嗖地直朝嗓子眼里灌，他没再说下去。

老朱四下望了望，见周遭寂静无人，就把手里的烟头一丢，朝他凑近过来，压低声音说："昨夜，你在盐河桥那个路口撞飞了一个老人，血流了一地，太惨了！现在想起来我都浑身起鸡皮疙瘩。"

刘书伟怔在那，脸色煞白，连问："什么什么？撞人了？人死了吗？我怎么一点儿也不知道？"

"人死没死不知道，不过看那样够呛！你喝得太多了，车速快得吓人，哪有什么感觉！你看看车子就知道了。"

刘书伟的奥迪车跟平常一样，就停在楼洞口。他转过去查看，果然看到车子的左前方有明显的撞击痕迹，引擎盖和车毂上还残留着干涸的血迹，显得格外刺目。他刹那间被无边的惊恐包围了。

老朱走上来，拍拍他的肩膀，说："你昨晚酒喝大了，又'断片'了吧？先待在这，别着急。"

刘书伟不知所措、恍恍惚惚地点了点头。

老朱家也在这个小区，跟这里隔了几幢楼，也就两三百米远。不一会儿，他就从家里拎了一塑料桶温水过来，用毛巾蘸上水，把奥迪车上的血迹擦得干干净净。然后，他直起腰，对站在一边仍然呆若木鸡的刘书伟说："没事了。当时正是半夜，路上没有别人，只有我一个人看见。盐河桥那个路口又没有探头，这个秘密就一辈子烂在我肚里了。"

刘书伟不知说什么好，心头一热，眼泪差点儿涌出来。

老朱朝他瞅了瞅，说："大冷的天，你先上楼，一会儿找个地方把车子处理一下，别留下罪证。"

刘书伟点头应着，说："你上楼坐会儿？"

老朱说："你忙你的，我就不去了，别让嫂子知道了。"

刘书伟回到家，头脑还有些眩晕胀痛，意识却是清醒的。他深知酒后驾车乃至车祸逃逸的后果，但如若前去自首，不可避免的牢狱之灾和不可预知的赔偿纷争可能会让他一无所有；他庆幸只有老朱一个人目击现场，感激他的提醒和指点。尽管心如乱麻，而前路似乎只有一条——此事千万不能败露。

他赶紧把自己收拾了一下，然后将奥迪车开到南城一家僻静的汽修店。汽修店老板看了看车头的撞痕，没有多问，但看他的眼神有点意味深长。他无心理会老板的眼神，老板报了五千元的修理费后，他没有还价。老板亲自动手，将车上的撞击部位修复如新。

二

刘书伟和朱丛林是海州工学院的同学。他们都不是海州本地人,刘书伟的老家在本省的盐阜市郊,老朱家离得远一些,在邻省伏牛山区的一个小山村里。他们学的是经济管理专业,入学不久,就有老师上课时说,这个专业学成之后,可作"万金油"之用,理想的职业定位是做某个"经济体"的高级管理人才。这"经济体"可大可小,说白了,不管大小,是个老总就行。四年书念下来,炼没炼成"万金油"不好说,"老油条"倒是炼出了几个。

刘书伟天生就有做生意的基因。他家乡那一带,是个男人就会跑江湖做生意,世世代代如此。据说过去的上海滩,做小生意的有一半是盐阜那边的人,当然,做大买卖的是人家宁波人。大一的暑假,刘书伟就家也没回,跑到人才市场转悠了半天,被一家广告公司招聘去了,底薪八百元,包一顿午饭,揽到业务后还有提成。整整一个暑假,他冒着炎炎酷暑,采取的是扫街行动,底薪加提成,拿了五六千。开学后,用这笔钱把一学年的学费交了,还绰绰有余。

大二的暑假,刘书伟更有经验了,轻车熟路又到一家广告公司打工。他依旧住在学校的寝室里,早出晚归。这天傍晚,下了班回来,到宿舍楼的公厕里方便,见到了同班同学朱丛林,才知道老朱这个假期也没有回家。老朱说,回去干吗?一到家就得帮家里干活,侍弄那几亩地,想起来就烦!他还说这两天到人才市场去了,像个没头苍蝇似的,还在嗡嗡瞎转,没着落呢。

朱丛林身高只有一米六几,是班里个头较为矮小的同学,总坐在教室的前排。或许是长相老成,又不多言语,有同学喊他老朱,他就应了，后来，班上同学和熟悉他的人都叫他老朱，习惯成自然。刘书伟的个头接近一米八，在教室里总是坐在后排。两个人在班里距离遥远，趣味不投，性格各异，像分属于不同的部落；两个人既不是老乡，又不住在一个寝室，虽说是同班同学，却是八竿子打不着，交集不多，话都没说过几次。

听老朱这一说，刘书伟没吭声，到厕所外站了一会儿，等老朱出来了，他才说，要不你跟我去试试，我干活的那家公司还缺人手。于是老朱就跟他去了那家广告公司。公司老板对刘书伟正欣赏有加，见他带了个同学来，爱屋及乌，二话没说，就把老朱留下了。至此，刘书伟带着老朱一头扎进了乱糟糟的"经济体"里，书念得不咋样，但到了毕业时，两个人已经是自主创办的金海湾广告有限公司正副老总。

海州是个中等城市，那几年广告公司如雨后春笋般一茬茬冒出来，长成参天大树的却不多。金海湾开办第三年，发生了严重亏损，半死不活，难以为继。作为副总的老朱看公司连工资都发不出了，便选择了离开。刘书伟苦苦支撑了两三年，金海湾终于转危为安，走上正轨。虽说外部形势并不乐观，广告行业的竞争仍然激烈，但公司的业务渐渐红火起来。

老朱离开后，没有自己单干，而是去了家信息公司，做了个部门经理。他在小区的住房，还是在金海湾时购买的，与刘书伟家靠得近，两个人时有往来。部门经理上有老总，下有员工，是个二夹板角色，两头受气。老朱干得似乎不顺心，在刘书伟面前几次流露出想回来当副总的意思，刘书伟都打着哈哈敷衍了过去。

圣诞节的前一天上午，刘书伟给老朱打了个电话，问他晚上有没有安排。老朱说我能有什么安排，闲得慌。刘书伟说，总裁联谊会在云华宾馆那边搞个年会，你一起过去玩玩吧。老朱说，我又不是总裁，跟你们掺和什么？刘书伟说，什么总不总裁的，今天是平安夜，大家在一块玩儿。老朱犹豫了一下，答应去凑个热闹。

参加年会的都是海州市商界精英，有些还是工学院的校友。刘书伟显然经常周旋于这种场合，他左手一杯白酒，右手一杯红酒，不时与人碰杯寒暄，交换名片。他把老朱拉进来，有心想帮同窗一把，不光感受一下气氛，或许还能搭上人脉，碰个机会。但老朱却显得十分拘谨，端了杯红酒，独自坐在一个角落里啜饮。面对眼前的热闹场景，尤其是目睹刘书伟从容自如的表现，老朱的眼神游离，心情复杂。

聚会一直持续到深夜才结束。刘书伟从宾馆大厅出来，醉意蒙眬，走路有些踉跄。老朱赶紧扶着他，说："现在查酒驾查得紧，你这样不能开车，找个代驾吧。"刘书伟摆着手说："没事儿，这点酒算什么，我能开，深更半夜哪有人查车！"

几分钟后，刘书伟开着奥迪车行驶在前，老朱开了辆现代伊兰特，跟在后面，出了宾馆大院。

三

从南城的修理厂回到公司，已经快中午。刘书伟关上办公室门，给老朱打电话，吞吞吐吐地说："在上班吗？中午有空不？要不到我这来，一起吃个便饭。"

老朱回答得干脆："中午就别一起吃了，没必要！"

听老朱的话音，似乎有点不愉快。刘书伟揣摩不透，心神恍惚，忐忑不安。下午，他在办公室坐不住，打了个的士，让司机朝盐河桥那边开。经过盐河桥那个路口时，他看到路上的车辆和行人一如往日的稀少，似乎这里并没有发生过什么异常。但他隐约地看到，马路上确有一块黑色的污渍，在冬天的阳光下折射出别样的阴森。越是平静，越会潜藏着巨大的危险，刘书伟心里漫起深深的恐惧。醉酒误事，这次岂止是误事，是闯下大祸了啊！以往醉酒后也常有"断片"的时候，一觉醒来，酒场的"下半集"怎么结束的、怎么回家的、怎么上的床，统统记不得了。有一次，他醉酒回到家后，衣服上都是泥，那天下着小雨，他显然不止一次地摔倒在地，妻子第二天问他怎么摔的，他一点儿记忆也没有。妻子说这样多危险呀，常劝他少喝，可一旦应酬起来，不管是主动还是被动，他都会全力以赴地跟人家"拼酒"。

傍晚，刘书伟又忍不住打电话给老朱，声音有些颤抖："说话方便不？老朱，我心里乱得慌……咱们找个地方聊聊吧。"

"这一阵少见面吧，先稳一稳，注意点。"

"你看这样……我想找人到交警队打听打听……"

老朱的声音严厉起来："你这不是自投罗网嘛！你想过后果没有？酒驾撞死人，逃离现场，要蹲几年的大牢！就算没撞死，弄个重伤瘫痪植物人，治疗加上赔偿更是无底洞……不是跟你说了嘛，就我一个人看到了现场，不相信咋的？你就别瞎折腾了！"说到这里，老朱把电话挂了。

刘书伟怔在那，一阵发闷。人家为你守着这么大的秘密，给了你"烂在肚子里"的承诺，你连个谢谢都没说，还要"瞎折腾"，让人家怎么想？

刘书伟呆坐了一会儿，终于还是拿起了电话："老朱，你我相处多年，情同手足，感谢的话就不多说了……这样吧，借给你买房子那十二万，你手头紧，就不要还了。"

这笔钱还是朱丛林在金海湾时借的，用于购房首付，当时说是两年内还清，但没到一年，他就离开了公司。过了还款期限后，刘书伟跟他催要过两回，每次他都说手头太紧，让再宽限些日子，一拖又过了一年多。刘书伟不想让老朱回金海湾，这是原因之一，他最恨不守信用之人，那年公司深陷绝境，就是因为大客户违约造成的；不过他也知道，老朱这两年确实走得背，还钱确有困难，只是那次老朱说的话，让他听了很不舒服。老朱说，伟哥啊，这两年你发了，奥迪车也开上了，这点小钱你紧催慢赶的干吗呀？刘书伟当时就回了他一句：我这边情况你不是不懂，换车也是为了撑脸面。你有钱就还，没钱就别废话！

　　说起来，这笔钱毕竟不算多，对两个人的关系没有造成太大的影响。因为几次拒绝老朱回公司的要求，刘书伟心里总觉得有点儿亏欠他，这些年再没催他还款，碰到一些社交场合，还会主动把他拉上，给他介绍一些客户资源。

　　大祸临头，老朱主动承诺把"秘密烂在肚子里"。刘书伟想到了这十二万借款，他脱口而出，这笔钱不用还了。他觉得，自己这样表示，恰好传达了此刻的心情。说是感激，也是为了封口。

　　老朱的回话听不出有多么惊喜，像是在客套："这个钱啊，还真是一直犯难……老同学帮忙，那就谢了。"

　　刘书伟的心里陡然有些不快，他连说应该的应该的，就把电话挂了。

　　那几天，海州电视台和交通电台果然播出了盐河桥路口发生交通事故的消息：一位老人被撞死，肇事车辆逃逸，交警部门正在征寻车祸目击证人，追查肇事车辆。

　　刘书伟每天生活在惊恐中，惶惶不可终日。夜里，他常常从睡梦中惊醒，有时凌晨两三点钟从床上爬起来，蹑手蹑脚地下楼，一次次查看他的奥迪车；他总觉得车上还残留血迹，车头部位的撞痕依稀可见。他知道这是一种强迫性妄想，却又无法抑制。他原来每晚都要与妻子缠绵一番，最近却突然没了兴致。妻子朝他身上靠，手在被窝里有意无意地撩过他几次，他全未理会。

　　妻子觉察到他的反常："你最近怎么了？"

"公司遇到点事，心烦。"

"你不是说过嘛，公司的事不朝家里带。以前那么大坎儿，也没见你这样。"

他想不出如何回答是好，只好不吭声。

余梦佳跟他是盐阜老乡。大学刚毕业那年，在一次同乡聚会时，他认识了还在海州职业学院读书的余梦佳。她长得甜美丰满，坐在那像块润玉一般恬静秀丽，刘书伟一眼看中了她。那次聚会后，他主动出击，几次约会，就把她拿下，两个人在一起的感觉是时尝时鲜，美不胜收。

余梦佳毕业后，刘书伟曾想让她到自己公司上班，帮他一把。余梦佳却不愿意掺和他生意上的事，没兴趣在公司里做老板娘。刘书伟想这样也好，企业一旦开成了夫妻店，对以后的发展也许是一种弊端；同时他也看出来，余梦佳不是那种手伸得长、欲念太多的女人。对他来说，找这样的女人做老婆最合适不过。

当年，恰巧市里一家事业单位招聘应届毕业生，学历要求不高，大专起点即可。余梦佳报了名，刘书伟动用关系，最后让她有惊无险地进了这家单位，谋了份体面又舒适的工作。

第二年，他们回盐阜老家举办了婚礼。在家乡父老的眼里，这一对新人郎才女貌，在外面混得不赖。

实际上，刘书伟的公司这时候已经出现危机，随后便是长达两三年的惨淡经营。他们住的这套房子，他付了二十多万的首付，按揭贷款二十年，每月的月供也就两千元，但那两年，公司财务紧张，大多是余梦佳拿自己的工资还贷。

公司艰难时，余梦佳体谅丈夫，决定暂缓要孩子，保证他集中精力打拼事业。公司经营逐渐好转，小两口心情愉悦，打算精耕细作，来年添个宝宝。可现在，竟出现如此反常……余梦佳搞不懂，丈夫遇到了什么样的坎儿，会变得这般焦虑。

四

刘书伟选择了逃避，但是内心的煎熬却是度日如年。

一周、两周……一个月熬过去了，那次车祸和警方追逃的风声似乎平息了。

他几次佯装散步，来到盐河桥的十字路口。事发后一周左右，他在路边的围墙上看到一张警方通告，寻找那次车祸现场的目击证人。当时他心惊肉跳，感觉背后好像有眼睛在盯着自己。后来，他根本不敢在张贴通告的围墙边停留。不过，最近他发现那张通告不见了，或许被风刮跑了，或许本来就粘得不牢，自行脱落，总之消失得无影无踪。

他忽然如释重负。还有十多天就要过年了，日子还要过下去，干吗要过得忧心忡忡，过得如坐针毡？他在心里告诫自己，那只是一场噩梦，噩梦终将过去，噩梦醒来是早晨！

春节前几天，大家都很忙。刘书伟想约老朱一起坐坐，心里却莫名其妙地紧张起来。他有些怕见老朱，心虚，恐慌，排斥，兼而有之，就是不想见。正犹豫着，老朱的电话倒是打来了："伟哥，最近看来挺忙活啊，能不能抽个空聚一聚？"

刘书伟应道："最近还真忙，过两天就要回老家过节，你看什么时候聚？"

老朱说："你要忙那就算了。舒小帆要跟我回去过年，我们也是过两天就动身。那就过了年回来找你。"

老朱这几年换了好几个女朋友，舒小帆是刚处不久的本地姑娘，能带到老家去过年，看来有望修成正果。

春节期间，刘书伟心里的阴影并未散去。他没有像往年一样去呼朋唤友，整天喝得天昏地暗。他很少出门，天天猫在家里，偶尔跟家里人喝两盅。连父母都觉得奇怪，说："大伟你这是咋的呢？同学朋友来请你，你咋都不去？"他掩饰道："在外一年到头应酬太多，过年这点时间，就想在家歇歇。"

过了春节回海州，转眼就到了三月份。这天，老朱打来电话，得知刘书伟在办公室，他说马上就到。果然，十几分钟后人就进了门。

老朱满面春风，递上一张请帖："我跟舒小帆的婚礼定在下月十六号。现在我手里只有五六万积蓄，实在寒碜，想跟老同学借点钱把事情办了。"

刘书伟感到突然，反应有些迟钝："好，好，这是好事啊……要借多少钱？"

"我算了一下，最少得十五万。"

这是狮子大开口啊！刘书伟倒抽一口凉气，准备找个合适的理由拒绝，但转念一想，老朱的肚子里藏着你的惊天秘密，要是把他惹恼了，他把秘密抖搂出去怎么办？

刘书伟强打精神说："你我是铁杆兄弟，结婚这么大的事，我怎能袖手旁观？"

老朱笑了："我就知道，伟哥你会帮我的。"

刘书伟笑了笑，明显是一丝苦笑。

第二天，刘书伟瞒着妻子，把十五万打到老朱的银行卡上。

老朱结婚那天，刘书伟又包了一万元礼金单独交给他，叮嘱道："别写到礼薄上了，让别人看见了不好。"别的同学礼金最多一两千，如果没有那个秘密，即便高调行事，他也不会比别人出入太多。

老朱使劲握了握他的手，似乎明白他的意思。一时间两个人都有些感动。

五月，本是广告市场红火的时节，但近来刘书伟根本不在状态，金海湾的业务停滞不前，资金周转出现困难。老朱借去十五万，他结婚时收的礼金不少，应该能还一部分借款，但他从未提过归还二字。这天，刘书伟给老朱打了个电话，说起公司最近的难处，委婉地催他还钱。没想到老朱明确表示："我和小舒都给别人打工，收入有限，这钱一年半载还不了。"

刘书伟被呛得哑口无言。欠债的是大爷，借钱给人家倒成了三孙子；欠钱的理直气壮态度傲慢，讨债的倒要低三下四屈膝乞求，颠倒个儿了。在生意场上这些年，这样的事他不是没遇过，但老朱就差翻脸不认账了，这口气和态度让他很生气，很无奈。他暗暗发誓，从今往后，远离朱丛林！

五

仅仅过了个把月，刘书伟又接到老朱借钱的电话。老朱不像是借钱，倒像是下达命令："我不甘心一辈子给人打工，准备注册一家贸易公司。你借给我二十万，公司就能转起来了。"

刘书伟一咬牙，话说得很绝："我实在拿不出钱了，只有一条路可走，就是我去拿高利贷，再把钱借给你。"

话都说到这个份儿上了，没想到老朱呵呵一笑："中啊，就这么办。"

刘书伟火冒三丈："老朱，你买房子借那十二万我不要了，结婚时借给你十五万，你一分钱没还，咋还好意思跟我开口？"

一个撕破脸皮，一个哪还掩饰："刘书伟，你不想想，我要是'大义灭亲'，几年的牢狱之灾你免不了，赔偿死者家属至少五六十万！金海湾一年挣几十万，就算你只坐五年牢，五年下来你少挣多少钱，这个账你会算吧？我跟你借这点钱过分吗？！"

刘书伟脑壳里嗡嗡直响。他意识到，老朱这是抓住了他的软肋，明目张胆敲诈他。

他咬着牙，把愤懑咽到肚子里，说："现在挣钱哪有那么容易，公司真的困难。你容我几天，让我想想办法。"

"我是急用，麻烦你快一点。"看来，老朱不在乎什么叫厚颜无耻了。

刘书伟恨得想咬死他。但权衡之后，还是筹了二十万打给老朱。

从此，他开始处处躲着老朱。他把老朱的手机号和QQ号都拉进了黑名单。同学聚会，看到老朱在场，他赶紧溜之大吉。

老朱的贸易公司开业后，以经营装饰材料为主。踌躇满志地忙活了一阵，但市场行情风云变幻，再加上他经验不足，匆忙上阵，公司很快就运转不灵，举步维艰。

八月下旬的一天，老朱一大早找上门，把刘书伟夫妇堵在家里。刘书伟一阵慌乱，他不想惊动妻子，连忙把老朱让进书房，关上门说话。

"打了多次电话给你，都是占线，你把我屏蔽了吧？"老朱兴师问罪。

"我烦着了，谁的电话也不想接。"刘书伟冷冷地说。

"你什么意思，不接电话有用吗？想找你还不容易！"老朱也冷冷一笑。

这次老朱没提借钱，但另有所求："公司刚起步，生意太难做了，没有大客户，光靠些散客打酱油，挣钱还不够付房租的。你老兄路子广，给我介绍几个客户。"

刘书伟已经下决心远离他，不想搭这个茬："我们做的不是一路子，帮不上你。"

老朱说："什么一路不一路？有钱大家赚，别那么小气好不好。"

　　刘书伟无话可说,从抽屉里翻出一本名片夹,找了几张名片给他,这才把他打发走。

　　当天下午,刘书伟接了个陌生电话,是老朱换了个手机号打来的,只听他气势汹汹道:"你戏弄人啊,给我什么破名片,一个有用的都没有!"

　　刘书伟话里有话地回了他一句:"这年头人变得太快,联系不上有什么奇怪的。"

　　又过了半月,刘书伟正在上班,老朱幽灵一样出现在他办公室。

　　刘书伟愣了一下,站起身说:"你来得不是时候,我正要出门。"

　　老朱说:"大忙人,就耽搁你几分钟。"

　　刘书伟皱着眉头,一分钟也不想啰唆。

　　老朱说:"没别的事,我进货缺钱,还得跟你借点。不多,就十万。"

　　刘书伟没理他,拿起桌上的拎包朝外走。

　　老朱敲了敲大班桌,说:"兄弟,别把事情做绝!"

　　刘书伟站住了,说:"一年不到,你从我这里拿走了四五十万,你有完没完?"

　　老朱说:"我是借,等公司赢利,会还你的。你把钱看得比命还重,我都快不认识你了!"

　　刘书伟气得浑身哆嗦:"有你这样借的吗?你这是把我朝绝路上逼!"

　　老朱一脸不屑:"这么装尿有意思吗?你好过着了,前几天不是刚接个大单子吗?钱来得哗哗的呀!"

　　前些日子,公司是签了个五十万的单子,但工期是半年,完工后结算，也就五六万的利润。不知道老朱怎么探得这个消息的，不过也不奇怪，金海湾的十来个员工，他至少认识一半，想要打听什么并不难。

刘书伟已无招架之功，颓然地回到座椅上，哀求道："我确实拿不出钱，你就放过我吧。"

老朱沉下脸，说："我够意思了，要不是我保守秘密，你能坐在这里吗？"

刘书伟被击中命门，几乎窒息，"我实在没办法，这样吧……我先筹几万给你。"

"几万不行，十万！"

"我是说，先筹五万……"刘书伟有气无力地答道。

"还有五万呢？"老朱盯着他，不依不饶。

刘书伟颤抖着说："容我三个月……"

老朱嗜血魔鬼般的贪婪让刘书伟不堪重负，他的失眠越来越严重，心悸不安，每晚依靠安眠药也只能睡两三个小时。还有让他沮丧的是，这大半年来，他房事淡漠，心有余而力不足，许久都没有一次像样的"活动"了。他感觉自己的头上每时每刻都悬着两把利剑，一是随时可能暴露的车祸案，一是老朱的疯狂索取，这两把利剑既是分开的，又是捆绑在一起的，后者对他的威胁更令他恐惧。因为一旦满足不了老朱的勒索，他就极有可能去举报车祸案，另一把达摩克利斯之剑也就随之落下，到了那个时候，他面临的将是牢狱之灾、高额赔偿和身败名裂。他一旦坐牢，公司也就完了，钱赔光了，这个家怎么办？妻子会守着这个家等他吗？这几年她并没有跟他享什么福，这样对她也太残酷了！

怕什么来什么。这不，老朱的电话又打来了："三个月期限马上到了，那五万准备好了吗？我这里急等用钱！"

刘书伟拿着手机，感觉心脏一阵狂跳，差点儿喘不过气来。半响，他说:"我在想办法，到时候会给你的。"

此后，老朱的催要电话隔一两天就打来。只要接到他的电话，刘书伟就会心跳过速，周身打战，直冒虚汗，接下来便是整天的烦躁不安和厌食。他知道，自己已经被老朱逼到死角了，这样下去，总有一天他会崩溃会疯掉的。

又一个早晨，饱受失眠之苦的刘书伟起床洗漱过后，刚坐到餐桌前，他的手机响了。手机还放在卧室的床头柜上，妻子顺手拿来，递到他面前。刘书伟接过手机一看，像中了魔似的突然脸色煞白，浑身抽搐。妻子见状，急忙问他哪里不舒服。刘书伟没有接电话，也没有回答妻子的问话，手捂胸口，头耷拉在餐桌上，表情痛苦不堪。余梦佳意识到问题的严重性，此前，她多次提醒丈夫去医院检查，他答应了，也确实去过医院，医生检查后说是神经衰弱，心肌纤维出现增生，心脏也比正常人要大三分之一，但只要改善睡眠，注意劳逸结合，应该能够有所好转。情况看来并非如此，最近他的病症不但没有好转，反而变得愈加恶劣;他肯定遇到了大麻烦，否则干吗被一个电话吓成这样?

余梦佳手慌脚乱，把丈夫送到了医院。这一次，她要搞清楚丈夫到底出了什么毛病，也要搞清楚他遇到了什么样的难关。经过全面检查，医生认为刘书伟发生抽搐、昏厥状况系精神极度紧张、心脏泵血异常所致，任其恶化，会有生命危险。余梦佳执意要他住院治疗。

住院的一个星期里，刘书伟只跟公司的个别心腹员工作了交代，就关掉手机，跟外界断掉一切联系。当然，主要是不想让老朱知道他住院，跑到医院来纠缠。躺在病床上，他冷静地思考了自己的未来，只要朱丛林存在，他的人生就随时可能崩盘;这个人露出狰狞面目之后，其贪婪无耻已经没有底线可言，自己这一年的辛苦，变成了为他打工;自己苦心经营的企业，成了他的提款机。欲壑难填,永无止境!他忽然冒出一个念头:与其任由宰割,不如想办法把他除掉!唯有如此,才能一了百了。这个念头把他自己吓了一愣怔,但挥之不去,且在脑子里生了根,像野草一样疯长蔓延。

六

出院回家的当晚,刘书伟跟妻子提出离婚。

"这到底是为什么?你是不是中了邪呢?"余梦佳像被当头一记闷棍,猝不及防。这一年来,夫妻俩虽然没有原先那么热乎,但并没有什么大的冲突。两个人原本的"造人计划"搁了浅,她暗暗着急,有些哀怨,但远未到绝望的程度;对丈夫公司里的事情,她跟婚前一样,既不参与也不干预;凭着女人的直觉,她也没有发现丈夫有外心,有出轨、包养小三的痕迹。可是,为什么丈夫像吃错药似的执意要离婚?她想不明白,委屈地哭起来:"我到底做错了什么?"

"都是我的错,跟你没关系!"刘书伟痛苦地摇头。

"你不说清楚,我不可能离婚!"

"没有办法,实在没有办法了!"刘书伟捶着脑门,痛哭流涕,把一年前自己醉驾撞死人、朱丛林以此要挟并一次次敲诈巨款的经过全部告诉了妻子。

一向温静柔弱的余梦佳哪里经历过这样的险恶,一时间六神无主:"怎么会……怎么会这样?"

"只能离婚……没办法了。"刘书伟说,"事情一旦败露,我不但要去坐牢,还要承担巨额赔偿。只有离了婚,你还能保住一点儿财产。"

"去投案自首吧,也许自首了,能宽大处理……"

"现在说什么都迟了,钱都让老朱弄去了,自首了又能咋样,牢要坐，钱要赔……离婚吧，走到那一步了，再想离就迟了。"

余梦佳流着泪抱着丈夫，还是摇头。

几天后，在刘书伟执意坚持下，余梦佳思量再三，同意离婚。但离婚不离家，对双方家人和外界一概保密。

办理离婚手续时，刘书伟将房产、奥迪车和家里的二十万存款全部转到余梦佳名下。

刘书伟伤心欲绝。好端端的一个家就这样散了，自己的罪孽固然咎由自取，但一年来老朱这个"亲同学"的要挟紧逼、欺人太甚更是罪魁祸首！而且，这样的煎熬何时是头，何时是底？遥遥无期，令人绝望啊！

怒从心头起，恶向胆边生。住院时冒出的恶念在他脑海里发酵、膨胀，他咬牙切齿，要与老朱鱼死网破。

他设想了几个方案，最终决定下毒。方案确定后，他很快以捕杀疯狗的名义，从网上购得一种叫"三步倒"的剧毒。同时，他开始主动联络老朱。他跟老朱说，自己前一阵身体不舒服住了院，耽误了时间，不过剩下那五万凑得差不多了，近日就可以送给他。老朱开始好像有点意外，但对他的示好很是受用，有种征服者的满足。两个人的联系一时热乎起来，仿佛回到了从前。

当然，他所做的一切，都瞒着余梦佳。她一旦发觉，肯定会阻止他的，而他的内心根本抵御不了她的劝阻，他会半途而废放弃行动计划。

他的心里燃烧着憎恨的火焰，一时也不想拖延。这天下午，他把准备好的五万元现金装到包里，又将那一包"三步倒"装进衣袋，给老朱打了个电话："钱我准备好了，晚上送到你家。"

老朱说："我让媳妇炒几个菜，咱俩有日子没在一起喝酒了，今晚不醉不散。"

刘书伟正有此意，晚上六点钟他便赶到朱家。老朱的媳妇舒小帆已经在饭桌上摆好冷盘，又到厨房里忙着炒菜。他把钱交给老朱，老朱欣然接过，两个人便坐下来喝酒。不一会儿，舒小帆炒菜要用"老干妈"作调料，喊老朱过去帮她开瓶子。趁此机会，刘书伟连忙从衣袋里掏出毒药，倒入老朱的酒杯。毒药无色无味，瞬间溶解。不料就在这时，老朱家的宠物猫突然跳上桌，偷吃冷盘里的炸带鱼，把老朱的酒杯踩翻了。刘书伟怕猫舔到剧毒被药死，连忙找毛巾将酒水擦得干干净净。刚好老朱从厨房出来，刘书伟朝他讪笑道："刚才猫跳上桌，把酒杯踩翻了。"老朱并未察觉到什么，应了一句："这个贪吃的猫！"刘书伟赶紧将毛巾和酒杯拿到厨房里清洗了几遍，生怕上面有药物的残留。

　　这次下毒被宠物猫搅了局，白丢了五万，刘书伟懊恼不已。想想一年来老朱对他频频下狠手，却还如此心安理得地面对他，让他更感到可怕，恨之入骨！开弓没有回头箭，他铁了心，不除掉老朱，他就不会有片刻的安宁。几天后，他用同样方法，又购得十克毒药，伺机再次下手。

　　他主动给老朱介绍了一笔生意。老朱很兴奋，说要请他喝酒，说喝来喝去，还是咱俩一起喝酒有劲。刘书伟说你媳妇手艺不错，我们不到外面，还到你家去整俩菜喝吧。

　　这一次，刘书伟傍晚时分就到了朱家。趁着老朱夫妇在厨房间忙乎的时候，他觉得时机已到，将衣袋里的一包毒药掏出，准备倒进桌上的一碗排骨汤里。然而就在这时，老朱家那只宠物猫不知从哪里钻了出来，竟然一声尖叫，鬼使神差地窜到他跟前，把他吓得一愣怔，连忙缩回手，跌坐在餐椅上。老朱听到声响，从厨房跑出来："这个馋猫，又怎么啦？"

　　刘书伟脸色苍白，无语以对。好一阵，他站起身来，一言不发地走到门口，拉开门，走出了朱家。老朱瞪着眼望着他，一直到他出了门，才喊出声来："你……你这是搞什么鬼？！"

七

当天晚上,刘书伟到当地派出所投案自首。

警方根据他的供述,立即展开调查。让刘书伟做梦也想不到的是,警方调查后告诉他:"盐河桥路口那起车祸与你无关,肇事者另有其人。"原来,一个多月前,警方刚把这起交通肇事案破获:邻市一个大货车司机酒驾撞伤人后被刑拘,经审讯坦白了另一起车祸,就是去年圣诞节前夜,他在海州市一个十字路口撞人后逃逸……刘书伟听后,仿佛被当头一棍击瘫在地。

在这个案件中,朱丛林的行为明显涉嫌敲诈勒索罪,警方随即将他传讯。老朱的交代更让人匪夷所思:自从离开金海湾公司,他就一直走下坡路,看到公司起死回生且日渐红火,他很后悔,多次跟刘书伟提出想回来,但刘根本不顾同学情分,予以拒绝,由此他对刘书伟萌生恨意,伺机报复。

去年圣诞节前夜,他和喝醉酒的刘书伟各自开车回家。刘的奥迪车在前边,开得飞快,他的车跟在后面,到了盐河桥路口时,他放慢了速度。就在这时,他眼睁睁地看到,边上一辆大货车根本没有减速,便朝前冲去,将一个过马路的人撞倒后,停都没停就跑开了。老朱看清那是一个老人,血流满地,恐无生还可能。他怕多事,没有当场报警。

回到家后,一道恶念在他脑海里横空出世:车祸发生地段没有摄像头,路灯昏暗,没有第二个目击者,如果他不报警,这就成了一桩无头案。为何不将此事嫁祸于刘书伟,让这个得意忘形的家伙尝尝坐牢的滋味?早先一起厮混时,他就知道刘书伟喝醉酒常会"断片"——也就是有一段时间的失忆空白。从他当夜的醉态看,

"断片"是肯定的了。而且,他知道刘书伟的车上并没有装行车记录仪……事不宜迟,老朱带着砂纸和榔头,很快在刘书伟的车头制造了撞击和摩擦的痕迹。接着,他把小区里一条流浪狗残忍地杀死,将狗血喷洒在车头和引擎盖上。

干完这些,已经是凌晨三点多,老朱没有丝毫睡意。他转念一想,光让刘书伟坐牢有什么意思,倒不如借机让他出出血……他还真没想到刘书伟这么胆怯,这么好骗,钱来得还真容易;他的胃口越来越大,猫戏老鼠的游戏让他上了瘾……

又一个夜晚,刘书伟和余梦佳躺在卧室的床上,两个人刚刚上演了一场酣畅淋漓的激情大戏。

余梦佳说:"明天咱们到民政局去一趟吧,把证换了。"

刘书伟说:"不着急,我看这样挺好。"

余梦佳掐了他一把:"哼!你想干吗?"

"遵命遵命,听夫人的话没错。"

"谁是你夫人呀,执照呢?无证驾驶,犯法!"

养 狗 记

一

中午吃饭时，家里养的两条小狗小白和小贝不唤自来，围到我跟前。妻子已经给它们喂过食了。我看两狗一边一个在我腿旁磨蹭，心有不忍，便用桌上切好的腊肠喂它们。小贝虽然是只不到两个月大的小狗，但吃相生猛，我一不小心，右手的大拇指被它的牙齿蹭了一下，破了芝麻粒大的皮，但没有出血。我赶紧起身，到卫生间，把破皮处挤了又挤，出了一点血，又用清水冲了冲。

这时，妻子走过来问我，是不是被狗咬了？我点头。妻子抓过我的手看了下，叫我打一下肥皂，继续用水冲洗伤处。接着安慰我说："一点小口子，没关系。程小军常被家里的狗咬到，都是用肥皂水清洗的。"程小军是她同学阿惠的丈夫。他们家养过不少狗，我家稍大的那条狗小白，就是他帮忙要来的。

听妻子这么一说，我松了口气，回到桌上继续吃饭。

二

我和妻子谈恋爱时，她就养过一条小狗。那是一条京巴，养了有三四年了，被她调教得特别懂事，会站立、作揖，还会做欢迎状。但我不喜欢，觉得养狗牵扯了她很多时间和精力，谈恋爱都分心。后来，这条叫阿龙的京巴狗在一天晚上失踪了。

那天晚上，她不在家，她母亲出门倒垃圾，阿龙好像跟着出了门。她母亲回家后，过了好一会儿才发现阿龙不见了。妻子回到家里，已经是晚上十点多了，听说阿龙跑丢了，急忙打着手电到外面寻找，又打电话把我喊来一起找。一直折腾到凌晨三四点钟，把社区周边的几条街都找遍了，也没有找到。妻子哭哭啼啼，还要再找。我只好劝她说，小狗认路，等到白天说不定它自己就跑回家了。她这才作罢。

阿龙终究没有回来。快二十年过去了，妻子只要提到阿龙，还常常掉眼泪。阿龙失踪后，妻子多次动过养狗的念头，我都没有同意。一是家里住的是楼房，没有单独的房间可供养狗；二是没有时间、没有精力养狗；三是孩子小，据说小猫小狗的身上都有可疑的细菌，怕对孩子有影响。

但这两年，儿子长成了小男子汉，成了他母亲的同盟军，家里要求养狗的呼声越来越高。

妻子最要好的两个中学同学小魏和阿惠，都养了狗。小魏家养的是一条萨摩耶犬，我起初看到时，只有一尺长吧。我儿子每次到她家，总要抱着玩一会儿。等我去年秋天再看到时，这条两岁大的狗已经长到一米多长，一百多斤重。这条狗被小魏起名叫大白。妻子有次说起小魏，说她在家带孙子了。我一愣，小魏有孙子了？妻子扑哧一笑：是呀，大白就是她的狗孙子啊。

阿惠家养狗的历史更长。她家住在后河底的平房里，丈夫程小军酷爱养狗，且养的都是大狼狗（儿子说那是德国牧羊犬），据说其中有条狗还获得过全市狗展的冠军。阿惠家周围的平房大都拆迁了，她家成了寥寥几家"钉子户"之一。唉，难怪他们，拆迁过后，她家的狗舍、鸽子窝朝哪里搬呢？

除了这两个同学，还有个养狗人家，对妻儿的影响也很大。妻子的大哥家，在几百里外的盐城市，他家前些年就养狗，现在家里有两条狗，其中一条狗起名"阿龙"。妻子每次去盐城，回来后就"阿龙阿龙"地说个不停，仿佛从这个"阿龙"身上找到了原先那个阿龙的影子，她的心灵得到一丝安慰。

受他们的影响，妻子又打算抱条狗回家养养，但我还是没有松口。家里已经养了只八哥，我真的不想再养什么玩意了！

但这一次，妻子来了个先下手为强，趁我不在家时，把狗抱回来了。

那是去年十一月初，我从台湾"八日游"回到家，开门迎接我的，除了妻子和儿子，还有一条浑身雪白的小狗。

不用多说，我就知道怎么回事了。他们已经算定，生米煮成了熟饭，而且我刚从远方回来，怎么好意思跟他们翻脸。

妻子见我默认了，便告诉我这条狗的来历：狗是程小军从他亲戚家要来的，是条小公狗，据说是血统正宗的比熊犬。狗有六个月大，四五斤重。比熊是一种小型犬，永远长不大，体重最多也就十二三斤，养在家里比较合适。

妻子给小狗穿了一身红色的小衣服，抱到我面前，逗道："小白，这是你爸爸，你爸爸回来了。"

我成了"狗爸爸"，有点不悦，有点尴尬，又不好发作。妻子是个声乐演员，性格开朗，有时就爱没心没肺地说些不着边际的话，我何必跟她较真？但突然想起小魏家的大白，那么大一条狗，是小魏的"狗孙子"，我家小白这么小，就成了我们的"狗儿子"，辈分高了！

于是，我对妻子说："你让人家小魏家的大白认我们家小白当叔叔，恐怕不合适吧，小魏能没有意见？干脆，你还是把小白排在孙子辈吧。"

妻子笑了："怎么，你也想抱孙子？人家小魏的儿子都二十岁了，家里添个孙子也算正常，你家儿子才十来岁，你就想添孙子呀？"

叫她这一说，我觉得把小白当成"孙子"是有些不顺，毕竟眼下我还没有当爷爷的心理准备，离真正当爷爷的日子还远着哩。

儿子早就说过，八哥"二黑"是我们家的一员。小白当然不例外。经过我和妻子这么一讨论，它在我们家的定位基本确定：我和妻子的"狗儿子"，儿子的"狗弟弟"。

有了这一定位，有时跟小白说话，就显得方便了。妻子给狗喂食时，我会说："小白，妈妈给你喂食了，快去吃！"看到小狗跑到儿子房间，我会吆喝它："小白，哥哥在做作业，你别去捣乱，快出来！"当然，我也常不知不觉地自称"狗爸爸"。比如我坐在沙发上看电视，小白蹲在一边，我会顺口喊它："小白，过来，让爸爸摸摸。"

狗通人性，狗是人类最好的朋友，这话一点儿不假。相处短短时日，我对小白的好感油然而生，我觉得六七个月大的小狗比几岁的孩子还要懂事。平时，给狗喂食、打扫粪便这些事都是我和妻子谁有空谁干；而给狗洗热水澡、抱出去打防疫针这样的事，妻子对我不放心，都要亲自去做。开始，小白经常在客厅的地板上大小便，经过一次又一次调教，它基本上都到卫生间大小便了。这事妥当了，也就解决了楼房养狗最麻烦的问题。

这期间，儿子也时常向我介绍他上网看到的养狗知识：一只纯种比熊犬的售价最高可达十万元；小狗要在满月后的三四个月内打三针疫苗，以后每年都要打一针疫苗；喂养小狗也跟人一样，最好让它吃七分饱，一天喂一顿狗粮加上一顿自家配的狗食即可；狗的寿命大约在十二三岁，小狗从出生至两岁时长得最快，一岁的狗龄相当于人类年龄十四五岁,两岁狗龄则相当于人类二十三四岁,再往后,狗龄增长一岁,相当于人龄增长四岁,七八岁的狗,就步入狗的老年了……

今年一月底,妻子带小白到宠物店里剪毛,顺便在店里给小白洗澡、吹干。回来后,小白出现咳嗽、呕吐等症状。看到小白痛苦的样子,一家人都很着急。妻子分别打电话给小魏和阿惠,向她俩咨询如何给狗狗看病以及本地宠物医院的情况。然后,一家三口带着小白赶到宠物医院。

医生像给人诊病一样,先看了看小白的口腔,说它确实是感冒了,并无大碍,可打针,也可吃点药。听说不用打针、只需吃药就能解决问题,我们让医生开了点药就回来了。

路上,我开车,儿子抱着小白,坐在副驾驶位置,妻子坐在后排。妻子突然不无揶揄地对我说:"我看你对小白比对我还关心嘛,我感冒头痛好几天了,也没见你要主动送我上医院。"知道她是有意"损"人,我呵呵一笑道:"别说我了,我对它好也是跟你学的。它不是畜生嘛,有点什么也不会说,当然送给医生看看才能放心。"

三

妻子是个对发型有点讲究的人。十多年来,她都在一家叫"星门"的美发店做发型,跟"星门"的老板也就成了朋友。

一月底的一天傍晚,妻子突然打电话给我:"你赶快到'星门'去一趟,把他家的一条小狗抱来。他家下了一窝小狗,刚满月,就被人要走了,只剩下这一条。"我有些不解:"咱家不是有小白了,还要抱狗干吗?""叫你抱你就去!那狗品种不错,泰迪犬,也是条公狗,抱回来咱家不养,有的是人要。我好不容易跟

'星门'老板说好了,你先抱来再说!我和儿子现在在阿惠家,你抱了狗,直接开车过来!"

那天,我把从"星门"抱来的小狗带到阿惠家,程小军立即摆出一副专家的姿态,对小狗评头论足:"这狗根本不是泰迪,也不是比熊,更不像纯种的贵宾犬。窜种了,窜种了,充其量是一条有泰迪或比熊血统的窜种狗。养这种狗没有什么价值。"

叫他这么一说,妻子有点儿后悔。抱了条窜种狗,还欠人家人情,有点不值。不过,她嘴里还是有理由的:"反正我家也没打算再养条狗,这条狗抱来,本来就是想送给他二舅或者他爷爷养的。"

狗抱到家,儿子又舍不得送人了。他还是那句话:"进了我们家的门,就是我们家的一员!"

我没有发表意见。我想狗既然抱回来了,送人也好,家养也好,在家放几天没关系。自从家里养了小白以后,我对狗狗的感情发生了根本变化。每当我看到小白那双孩童一样纯净无瑕的眼睛,看到它那讨好、黏人的眼神,我的心就被触动,就会泛起一种深深的怜爱之情。这些幼小的生命是那样无助,那样依附于人,叫人怎么忍心把它们抛弃!一旦它们落入恶人之手,不知命运将会如何?

给新来的小狗起名,我们一家三口各抒己见。我提出叫"二白",顺延小白的名字。但紧接着嘟哝了一句"一穷二白",不好听,叫"二白"不好听,便自我否定了;儿子起了两个名备选,一是"瑞奇",一是"星巴",都出自动画片。我倾向"瑞奇",但妻子说,不如叫"奇瑞",上口。我说"奇瑞"是一种国产车的品牌,不合适。于是,一致同意选用"瑞奇";叫了几天,一家人觉得还是叫得不响亮,最后,还是妻子灵光一闪,起名"小贝",还可唤"贝贝"。

小贝抱来时,刚出生四十来天,大约三斤重。观察几天后,感觉它表现得确实不咋地。首先是随地大小便，没有规律，防不胜防，把已经养成好习惯的小白都带坏了；再就是吃食凶猛，连小白都抢不过它。有一次吃得太急、太胀了，没过多久便都呕了出来，气得妻子直骂它没品。

但小贝的到来，令小白兴奋不已。两个不在一个重量级的小狗整天黏在一起，或嬉闹，或争食，或蜷在一起睡觉。小白处处表现出大哥哥的风度，尤其是吃食时，小贝自己碗里的那份还没吃完，就会去争抢小白碗里的食。这时候，小白总是大度地退到一边，默默地看着小贝将碗里的食风卷残云般一扫而空。

不久，我父母和孩子二舅家都透露出意思，不打算抱走小贝。父母那边是因为我母亲身体不好，父亲照顾她都忙不过来，没有工夫养狗；二舅子是眼界太高，说小贝是条窜种狗，长得丑，没兴趣要了。

见小贝受了冷落，妻子不甘心，说："郑姐家一直想养条小狗，跟我说过几次，她肯定会喜欢小贝。"郑姐是她的好朋友，一家保险公司的营销经理。

但我和儿子不答应了。小贝，别人不想要你，我们还不想给了！

我和儿子联手要留下小贝，让妻子大感意外。她说："你俩非要留下小贝，那以后它拉屎撒尿、闹人讨嫌，你们可不要烦。"

我说："一个是养，两个也是养。小贝跟咱家有缘，况且它也是条长不大的小型狗，养就养吧。"

不久，我到宠物一条街买狗粮，可谓大开眼界。这条街上开了十多家宠物店，让我第一次见识了琳琅满目的犬类用品。为了改变家里狗狗的不良习惯，我买了一盒"定位排便诱导喷剂"和一大包类似于尿不湿的犬用卫生纸；我还相中了一款能够同时关两条小型犬的狗笼子，为了给妻子一个惊喜，就自作主张地买了下来。

回到家，妻子见我拎回一只大狗笼子，非但没有表扬我，还气呼呼地说："你买狗笼子干什么？小魏家的狗那么大，有笼子都不用。你又不是没试过，两条狗用移门关在阳台上，都闹得不行，你要把它们关在笼子里，还不整天吵死了啊！再说你养狗图的是什么，不就是图它们跟你亲近、跟你热乎吗？整天把它们关在笼子里，养它们还有什么乐趣？"

妻子的话说到点子上了。是呀，养宠物狗，不就是享受那种与它们亲近的乐趣嘛。把它们关在笼子里，确实于心不忍。

下午，我赶紧去退狗笼子。宠物店老板有些不高兴，说你这点家不能当呀，买个狗笼子还要退？我连忙赔不是，说老婆待小狗如小孩，喜欢散养，舍不得关在笼子里；笼子用不上，摆在家里，又实在占地方。接着，我献殷勤似的买了几袋狗粮。老板的脸上这才多云转晴，说看你这样，在家说话不算数，退就退吧，不能因为一个狗笼子影响你们夫妻关系。不过你家这样养狗不行，没有规矩，不成方圆！

四

我被小贝咬伤之后，虽然做了清水冲洗的处理，但心里还有些忐忑不安。

家人被狗咬伤的事情，以前也发生过。小时候，我听父亲讲，他十多岁时，曾被富人家的一条大狼狗咬过，小腿肚上一块肉都被咬掉了。那时家里穷，根本没做任何治疗，结果父亲的腿上留了块大疤，但总算痊愈了。

儿子三岁时，妻子带他下乡走亲戚。亲戚家有条几个月大的小菜狗，儿子上去逗弄，被小狗咬了一下，手上破了点皮。可能亲戚家对这类小伤司空见惯，就对妻子说，只是破了一点皮，狗也不是疯狗，别紧张，不碍事。妻子当时也就没太在意。回家后，跟我一说，我吓了一跳，责备她麻痹大意，没照看好孩子，更怪她没把儿子及时送到医院打狂犬疫苗。庆幸的是，当时离咬伤时间不到二十四小时，我们急忙把儿子带到卫生防疫站，打了针疫苗，这才稍许放下心来。后来，又遵照医嘱，继续给儿子打了三四针疫苗，这事才算过去。

有关狂犬病的知识，也是因为这件事，我才有了一些了解。我知道，不光被狗咬伤会得狂犬病，就连其他动物，如猫、兔子、老鼠呀，一旦咬了人，也会传染狂犬病；狂犬病的潜伏期最长可达二三十年，也就是说，从被狗咬伤到发病，这中间可能长达二三十年！而一旦发病，就无药可救！我还知道，如果一条狗咬伤你的时候，还并不是疯狗，不代表它的体内没有狂犬病毒，所以，被猫、狗等动物咬伤，都要打狂犬疫苗，越早越好。但狂犬疫苗并非对所有人有用，有的人打了还会产生副作用。当然，咬伤后，第一时间用清水冲洗尤为重要。

那次给儿子打过疫苗，才知道疫苗的价格还挺贵的，一针一百元，半年内打五针就要五百元。就这一疏忽，不但破财，还得许多天担惊受怕。

现在，小狗咬到我自己的手了，要不要去打针呢？

妻子说，你心里要是不踏实，就去打一针。

中午吃过饭，我正巧到父母家有点事。跟父母一说，他们意见不一。

父亲说，这点小口子，不碍事，不用打针。

是呀，父亲曾经被狗咬得那么厉害，不是都平安无事了嘛。

母亲却催促我去打针。她说，不差那几个钱，你下午就去打针！

这天是大年初六，朋友早约好了，请我下午去新开业的"皇朝水会"洗浴。下午两点钟前，朋友成刚打电话来催，说其他几位都到了，已经"开洗"，"你来后直接去二楼洗澡，然后到休息大厅找我们"。

这几位都是处了快二十年的朋友，在一起聚会时，谁要是迟到了，都要挨"克"。悬疑小说作家成刚的嘴皮子最厉害，我有点怵他。我想下午不管去不去打针，先去洗澡再说，免得挨"克"。

洗过澡后，到休息大厅找到他们。几位爷们儿一排溜儿躺着，每人面前都有个可转动的液晶电视机，正看得津津有味。我躺下来，也把铺位前的电视调到他们一个频道，正在播放周星驰主演的《功夫》。不愧是经典功夫片，但看一会儿就入进去了。直到下午五点多钟，《功夫》播完了，肚子也咕咕叫了，一帮爷们儿才遛到自助餐厅吃饭。

饭桌上，我说起中午被小狗咬伤的事。几个人难得一见地形成一致意见：赶快去打狂犬疫苗！

这里面年龄最大的是文保研究员高先生。他说："玉簪（一位朋友的网名）去年被自家的小狗咬了，打了狂犬疫苗。哪知最近又被咬了，只好又去打针。听说打针期间不能喝酒，叫这一折腾，她有大半年没敢沾酒了。"

晚报副总编王先生接过话头说："我看都是闲得慌，没事养什么狗呀？回家趁早把狗扔了！"

成刚"损"人不打草稿，说得更刻薄："赶快去打针，三个月内别来见我们，得了狂犬病别出来咬人……"

这帮爷们儿谈"犬"色变，把我稍许安稳下来的心又悬了起来。吃过自助餐，我提前离开。回到家时，已是晚上七点，距狗咬不到七个小时，明天早上去打疫苗还不算迟。

于是坐到电脑前，上网再了解了一下。打开百度，键入"被家养小狗咬伤"，搜索出相关结果约4770000个。大致看了看，不外乎三种处理意见：一是抓紧打狂犬疫苗，不管咬伤是否严重，只要破了皮，都需注射三至五针疫苗；二是区别对待，如咬伤很轻，则只需用清水和肥皂水清洗即可，不必紧张；三是先做早期处理，用肥皂水和流动的自来水冲洗十五分钟，再观察小狗是不是发病犬。如果是发病犬，小狗会在十天内死亡，小狗十天不死，你就安全了。如果小狗在这十天内死了，你再去接种，也不算太晚。不过要注意伤口的细菌感染和破伤风等等。

在一个网友的跟帖里，我意外地发现了祖述宪教授的博客地址。浏览了他的多篇博文之后，我做出了自己的决定：观察小狗十天，如小狗没有发病，我就是安全的，就不用去打疫苗。

祖述宪是安徽医科大学教授，著名流行病学专家。他在《对健康狗带狂犬病毒说法的异议》一文中写道："在我国媒体上，'狂犬病'一词的出现率居各种疾病之首，这主要由于大众对狗咬伤和狂犬病的恐慌。其实，我国的狂犬病都发生在农村，较大一点的城市几乎都是几十年没有狂犬病报告了，上海市……差不多近五十年以来没有发生过狂犬病。"

他在回答一位读者提问时说："在城市被自家或邻居的狗咬得不重，如果当地没有报告过狂犬病，这狗接种过疫苗，健康，'历史清白'，又是养在家里，很少和其他狗接触，未被别的动物咬过，那只需要清洗消毒伤口处理，对狗进行观察十天。相反，如果发生在农村疫区，或被可疑的狗咬伤，就必须对伤口进行清创，同时注射高价免疫球蛋白和狂犬疫苗，而不能只注射狂犬疫苗。"

他还在一篇博文里有些无奈且又不无幽默地写道："我的博客原先想是涉及医疗文化多个方面的，但现在成为狂犬病咨询专业户，被'恐狂'读者的问询所紧密包围……"

通过祖教授的博文，我了解到，世界卫生组织文件和绝大多数国家的公共卫生法规要求，对可疑的狗猫咬人后隔离观察十天，在此期间如果动物不发病死亡，被咬伤的人可以不用进行免疫注射。这就是风行世界的"十日观察法"。

在此之前，我对祖教授一无所知。但阅读他的文章后，我觉得他是个难得的治学严谨、医者仁心的专家，与那些人云亦云、眼睛只盯着钱的医生有本质的区别。

感谢祖教授，让我从"恐狂"中解脱出来。

狂犬病问题，我想这是所有养狗人都会关心的问题。我建议大家都去读读祖述宪教授的文章，你一定受益匪浅！

我还特别记住了祖教授一篇博文的题目：《负责任养主的狗几乎不可能传染狂犬病！》。在这篇文章的最后，教授写道："对问我问题者，我也有个要求：请你对你的狗负责一辈子，做负责任的养主。照顾好你的狗，为它做绝育手术，注射疫苗。"

写这篇文章的时候，小贝早就平安地度过了十天"观察期"，我对狂犬病的担心也早已完全放下。

五

春节期间，几个长年在外地工作的朋友到家里小聚。小白和小贝在生人面前也无所顾忌，在沙发上跳上跳下地玩耍，小贝还旁若无人地在客厅里撒了泡尿。从上海回来的颜先生不免皱起眉头，说："我女儿以前也养过小狗，她在那做作业，小狗总爱在她边上绕来绕去，你说这能不影响她的学习吗？小狗最后硬是被我送人了。"

两条小狗的表现令我尴尬。我附和道："养狗确实麻烦事不少，的确影响到家人的生活。"

正在客厅拖地的妻子不高兴了，冷不丁地插了一句："不喜欢狗的人没爱心！现在有的人别说养狗了，就连小孩子都不想生养。"

女主人这话一说，屋子里一下子安静下来，气氛有点冷。

那天客人走后，我埋怨妻子，喜不喜欢狗是人家的自由，你扯什么爱心、养孩子干吗？

妻子说，我就随口那么一说，又不是针对老颜的。现在社会上不是有什么丁克家庭嘛，连小孩子都不愿生养。

我说，这你就错了，那丁克家庭不愿养孩子，说不定还愿意养狗哩。

我又说，人家的建议是对的，咱家养一条狗足矣，本来就没打算养两条嘛。两条狗在一起更爱嬉闹，难以养成好习惯，整天这样打扫卫生你不觉得累、不觉得烦吗？我看还是趁早把小贝送人吧。

妻子未置可否。

但两条小狗制造的麻烦接连不断。这不，儿子的拖鞋被小狗冷不丁地叼走了，他满屋去找，脚下没注意，又踩到一泡狗尿，袜子上沾了狗尿还走来走去，一会儿就把实木地板弄得脏兮兮的，妻子只好再拖一遍地板。接着，小狗不知从哪儿叼了卷卫生纸，两只狗你争我抢，等我们发现时，一卷卫生纸已经被撕得粉碎，弄得到处都是。还有一天深夜，我们被"扑通"一声巨响惊醒了，起床一看，放在客厅地柜上的一盆兰花被狗扒掉在地上，花盆碎了，瓷片、泥土散落一地……

这天，妻子下定决心，把小贝送给好友郑姐。

妻子宣布这一决定后，儿子哭了。十一岁的儿子多愁善感，特别恋旧。他小时候的玩具，就是破了坏了，也不让我们丢弃；我家四年前搬入新居，临离开旧房子时，他哭闹着不愿走，最后跪在旧宅门口，朝屋里磕了几个头，被我们硬拽起来才走。我曾跟妻子开玩笑说，孩子这么恋旧，以后考大学，让他读考古、收藏这类专业，一定对他的兴趣。

儿子说妈妈求你了，别把小贝送人，它已经是我们家一员了。

接着儿子又来求我说，爸爸你把狗笼子买回来吧，平时把小贝和小白都关在笼子里，你们就可以少打扫卫生了。

妻子看来已经狠下心了，严厉地说："儿子，你别不像个男子汉！你是心疼妈妈还是心疼小狗？你看妈妈本来上班就很累，下了班回家，既要伺候你，又要伺候两条小狗、一只八哥，你说妈妈累不累？你看妈妈回家后手不停脚不住的，有一刻闲着吗？"

我看妻子还要继续"发挥"，赶紧打圆场："不说了不说了，你的辛苦大家有目共睹，儿子舍不得小贝也是正常。儿子呀，小贝送给你郑阿姨家，也不是很远，你想小贝了可以去她家看看，也可以让她把小贝抱到咱家来玩玩。爸爸知道你是个善良的孩子，怕小贝送到别人家受苦。你放心，郑阿姨家养过狗，不会虐待小贝的，会把小贝好好养大的。"

儿子自知胳膊拧不过大腿，眨巴着泪眼问我："以后真的能经常看到小贝吗？"

我说："当然是真的！咱家还是小贝的家！"

儿子的思想工作总算做通了。到了晚上，我的心里却有些不是滋味。

狗有灵性。狗在巴结、讨好主人的同时，实际上也在揣摩着主人的每一句话、每一个动作和每一个眼神。这天晚上，小贝好像知道我们要将它送人，表现得特别乖巧。我在书房写稿时，它一反常态，静静地趴在我脚边的地毯上，不时两眼哀怨地望着我。按照程小军的说法，小贝是我抱进家门的，在它眼里，我就是它的第一主人。难道，它是在向我乞求？

我把小贝抱在怀里，一边抚摸着它，一边轻轻地对它说："贝呀，平时爸爸烦你不讲卫生、没有规矩，但真的把你送人，我心里还真舍不得。我知道你不愿意离开咱家，想跟小白在一起玩耍，可咱家实在养不了两条狗。小白比你来得早，也比你讲卫生、懂规矩，所以送人的只能是你。不过不要紧，你的新主人是咱家的朋友，她不会亏待你的。我们要是想去看你，或者你想回家看看，都不是难事。别说你是条小狗了，就是女儿大了都不宜留，都要离开父母嫁到人家去；就是儿子长大了，也要娶媳妇跟父母分开过日子。贝呀，爸爸要感谢你和小白，自从养了你们，我自己的心灵仿佛受到了一次洗礼、一次净化，我体会到了人与宠物在一起相处的美好；你们对家人的友好和依恋，深深地感染了我，我对你们的怜爱也日益加深……"

第二天一早，妻子给小贝穿上早就给它买好的一身"新衣服"，准备把它送走。

我叮嘱道，把狗粮带上一包。告诉郑姐，小贝在咱家的饮食习惯，还有，它的疫苗还没有打完，关照郑姐按时带它去打疫苗……

妻子打断我的话，说你怎么婆婆妈妈的，烦不烦呀！郑姐养过狗，不用教她。看来你不想送了是不是？你要是实在不想送，现在还来得及。

我连忙摆手，别，都说好了，还是送吧。

小贝送走后，小白一天都显得心神不定、没精打采，喂它食，也吃得很少，还不时地挨个房间寻来寻去，嗅嗅这儿闻闻那儿。最让我揪心的是它趴在餐厅的落地窗户上朝外张望的神情。那个窗口是它每天目送我和儿子出门的地方。我们下楼后，走出楼洞，回头朝二楼那个窗口看，小白总是一次不拉地趴在玻璃上朝我们张望。这是儿子发现后告诉我的，那天我在楼下看见小白眼巴巴张望的模样，我刹那间被震撼了，泪水一下子涌了出来……可是今天，我们都在家里，它在望什么呢？它一定是在寻找小贝呀！

晚上，小白寂寞地趴在狗窝边上，家里显得安静多了。我和妻子坐在沙发上，心里觉得空落落的。四目相对，欲言又止，知道各自心里都在惦着小贝。后来，还是妻子打破沉默，说："刚才接到郑姐的电话，说她家养的一只猫跟小贝一见面就斗上了，互不相让。小贝在她家特别认生，一直叫个不停。"

我说："她这是什么意思，是不是养不了小贝？"

妻子说："她倒没说不想养，但听话听音，感觉她有这个意思。"

"她要是不想养，就别勉强了，你明天去把小贝抱回来！"我脱口而出。

妻子说："我跟她说了，你家的猫要是容不下小贝，那就别养狗了，咱家小贝不能受这委屈。"

第二天上午，妻子又接到郑姐的电话，说小贝一夜不眠，总是凄凄切切地叫唤，让人揪心。

妻子当时就回话，说小贝是想咱家了，看来它注定跟我家有缘，我今天就去把它抱回来！

中午，妻子抱着小贝回来了。儿子高兴得跳了起来。小白和小贝亲热万分，兴奋地滚到了一起……那一刻，仿佛是别离的亲人归来，我的心里盈满了欢乐。

糟糕的手机

一

一九九三年的某一天，甘伟明光荣地成为本市第一批手机拥有者之一。有号码为证：9618098，本市的早期手机一族对此非常有数，这号码很牛。

这批手机都是摩托罗拉8900型一种样式，拿在手实沉沉的，像拿块砖头；重量不轻，价格也不菲，裸机加上入网费一共是三万两千八百元。当时能玩得起手机的人本来就寥寥无几，何况还是098这样的号。这号码不是仅仅靠加两千元选号费就能得手的。

甘伟明为弄到这个号码共计请客三次。第一次花了五百多，第二次花了六百多，第三次一顿酒花了八百多，接着又上舞厅潇洒了六七百。电信局移动通信科的白科长酒喝得有些多，终于松了口，给你个098，您就发！这回你这家伙该满意了吧？你这家伙发财别忘了弟兄们。甘伟明的头点得跟鸡啄米似的，那是那是，忘不了忘不了。甘伟明当然知道，这样的号码，如果像南方有的城市那样公开拍卖，拍价不会低于一万元。花销两千多元钱，在理论上等于至少赚了三四倍回来。不过当时即使有人出一万元钱来买他这个号，他也不会轻易出手的。他想形势只会大好，他想这号码再过年把工夫，炒到十万八万的价都不成问题。

甘伟明着实风光了一回。可以想见，拥有一部手机，曾经是如何的引人注目。

记得有次跟原先一帮文友到酒店吃喝，他将手机朝桌面上一拍，满座皆惊，连过来送菜的服务小姐眼神都不对劲了，只顾朝他含情脉脉地暗送秋波，一盘菜差点儿浇到了他邻座的头上。

只有他的朋友朱文光不以为然。朱文光在报社当记者，他说，那天我在大街上看到几个大款模样的家伙，人手一个大哥大，时不时举过头顶乱叫唤一通，极尽炫耀之能事，我忽然有种感觉……甘伟明问，什么感觉？朱文光说，可有一比。甘伟明说，少废话，到底什么感觉？朱文光一本正经道，感觉他们不要脸。不要脸？甘伟明有些糊涂。朱文光说，感觉他们是在大街上当众摆弄他们的×××。甘伟明的脸有些发红，你……你这家伙够损的。朱文光笑道，你除外你除外，不是说你的。甘伟明哭笑不得，说，你这家伙是心理不平衡。朱文光说，平衡平衡，有啥不平衡的？怀揣BP机，到处吹牛皮，手拿大哥大，满街说胡话；我没有大哥大，照样说胡话。

尽管朱文光有吃不到葡萄说葡萄酸的嫌疑，但他的话对甘伟明是个提醒。甘伟明注意到，人们看他们这些手机持有者的目光不单是羡慕，还有嫉妒，还有别的更多的内容。于是他专门买了个精致的小包，把手机装到里边。据说这包也是因为有了手机才应运而生的，就叫大哥大包。甘伟明心想，这样一则可以保护手机，再则就是拎着它满大街地跑，也不必担心被人家说成一个"露阴癖"患者了。

二

做事喜欢一意孤行。这是甘伟明的女朋友韦晓玉对他下的一句评语。

当初，他放着市政府一个显要部门的副科长不干，扑通一声跳下海，办了家小小的广告公司。后来，下海攒了几个钱，他便心急火燎地讲起了排场，花了五万多买了辆罗马尼亚产的达西亚小汽车。说它是轿车吧，它带个小斗儿；说它是货车吧，又实在拉不了半吨的货，不土不洋，不伦不类。目前这辆车除了他上下班时开来开去，基本上派不上其他用场，更谈不上创造什么经济效益，权当一辆高级自行车使着。再后来，他投资四十多万元，开了家康桥歌舞厅。这里边除了将下海三年赚的十几万元积蓄倾囊而出，还有银行的三十万元贷款。

歌舞厅是几个月前开的张，韦晓玉至今都替他担惊受怕。

这次购买手机，也是甘伟明一意孤行。一意孤行是因为一时冲动，一时冲动又源于他的两个迫切意愿：一是想借机炫耀，二是借机生财。头一条于生意场上似乎很有必要，为了生意需要炫显实力，哪怕是虚张声势也无可厚非，但朱文光的一通比喻无意中挫伤了他的积极性；第二条显然是他的如意算盘，他以为，购买手机也是一种投资，既可以保值，还有可能伺机转手炒卖，稳稳赚上一笔。

对甘伟明而言，这一阵子应该算是他的经济危机时期，银行贷款即将到期，能不能续贷还是个未知数。而购买手机这笔开销不是个小数目，照理讲他应该谨慎，三思而后行。他至少应该和韦晓玉通通气。

韦晓玉如今是康桥歌舞厅的经理，也可以这么说，是他甘伟明的大总管。买手机的钱，都是经韦晓玉之手交给他的舞厅营业利润，本当拿去归还银行贷款，却被挪作他用，这把戏要让韦晓玉知道，她岂能善罢甘休？所以那天他请电信局的白科长跳舞，都没敢带到自己开的歌舞厅，几百元钱白白送人。

韦晓玉与他恋爱已经三年了，起初是两情相悦，互相欣赏。晓玉欣赏的是他的宽厚、他的才情，甚至包括他身上浓浓的书卷气；

而甘伟明则深深迷恋她的美丽、她的活泼，还有她羊脂般细腻丰满性感的身体。在相当长一段时期，这种关系调剂着枯燥乏味的生活。

三年前，甘伟明刚下海，白丁一个，韦晓玉并没有小瞧他，并没有三心二意，而是置众多追求者不理，置众多冷眼白眼红眼所不顾，陪在他身边一步步走到今天。再说韦晓玉这女孩也是个厉害角色，她要认起死理来，怕是天王老子也拉她不回。甘伟明确实拿她奈何不得。不料近来形势有些变化，韦晓玉越来越多地介入他的事业当中。

康桥歌舞厅这个项目，韦晓玉出了很大的力，从跑贷款到搞装修到筹备开业，她一直跑来跑去忙里忙外。尤其是贷款的事，曾经一度陷入僵局，眼看失去希望，幸亏她拉来一家担保单位，才渡过难关。韦晓玉这般劳苦功高，再加上她原先就在本市最早开设的几家歌舞厅做过串场歌手，对歌舞厅这类娱乐场所并不陌生，所以她提出帮他管理康桥，甘伟明只有点头的份儿。韦晓玉还不隐瞒她的另一个想法，她明明白白地对甘伟明说，歌舞厅这样的地方，我不跟你待在一起，不把你盯得紧一点，我不放心。韦晓玉有她自己的一套理论，她说甘伟明你能看中我，就有可能看中别的女孩，舞厅里什么花花绿绿的女孩都有，保不准哪天你会看花眼的。

甘伟明无话可说，他知道自己一旦说出个不字，她的疑心会更重，他唯一能做的，就是顺水推舟，让她做这个歌舞厅的经理，他做个所谓的董事长便是。有一点他是非常清楚的，韦晓玉完全会尽心尽力去经营这个舞厅的，她实际上早已把自己与他视为一个整体。

手机这事，甘伟明对韦晓玉采取了先斩后奏、先下手为强的策略。他想等手机买到手之后，尽管让她责备去吧，这样总比被事先阻拦办不成事要好得多。如果被发现，他可以说手机是殷二胖借给他玩玩的。殷二胖本名殷汝清，因为长得一身肥膘且排行老二，人们都叫他殷二胖，本名倒是没有几个人记得了。殷二胖是本市生意场上几乎无人不晓的人物，对外号称有上千万的资产。甘伟明对他的底细不是十分了解，但隐隐地听说他的钱多数来自银行贷款，生意做得也不甚地道。本市第一批手机问世，殷二胖的公司牛哄哄地一气买了六部。甘伟明跟他认识是通过韦晓玉介绍的，康桥歌舞厅的三十万元银行贷款就是韦晓玉找他公司做的担保。从这一点看，殷二胖有恩于他。至于他跟韦晓玉的关系，甘伟明也只能从韦晓玉的嘴里略知一二。

韦晓玉说殷二胖既是她哥哥的同学又是好朋友，是她忠实的歌迷。说到这里，她点了点甘伟明的鼻子，说"这一点他比你强"。韦晓玉以前在几家歌厅串场子，殷二胖能屁颠屁颠地从这个舞厅跟到那个舞厅，一路跟下去，又是鼓掌又是献花。韦晓玉知道他心里打的什么主意，从来不让他沾一点儿腥。她认为用得着他的时候，只要跟他丢个媚眼，甜甜地叫他一声殷二哥，就把他喜得让你满脸找不着他的眼睛。韦晓玉在康桥当经理，不能到外面唱歌了，他就成了康桥的常客，三天两头泡在这里，有时缠着韦晓玉献歌，有时自个儿驴叫似的卡拉OK一通。韦晓玉与甘伟明之间的恋爱关系，他当然看得出来，但要说借个手机给甘伟明用几天，还是不成问题的。

当然纸包不住火，谎言总归是谎言，韦晓玉迟早要知道的。甘伟明有些犯难，一时想不出一旦露馅该如何面对她才不至于太尴尬。他只好得过且过，瞒一天是一天。

三

因为要瞒着韦晓玉，甘伟明用起手机来就有些遮遮掩掩。好在康桥歌舞厅只有晚上才营业，他白天手机照常使用，到康桥时，便提前把手机关了，塞进达西亚驾驶室前的杂物盒里。

这天下午，韦晓玉让他开车，跟她到食品市场去进一些舞厅用的啤酒饮料小吃等。她坐在车上时，杂物盒里的手机突然响了。甘伟明一听，这下坏了，刚才下车时忘了关机。韦晓玉寻着声音，打开杂物盒一看，就看到了那只手机。

她有些惊讶地问道，哪来的手机？

前几天刚买的。他知道再瞒就没有意思了，口气装得轻松，但眼睛却不敢朝她望。

韦晓玉说，你怪有本事的嘛，那么多贷款背在身上，还有钱买手机？

她没有勃然大怒，这就比他预想的要好。甘伟明松了口气说，虱多不咬人，债多不愁人，我欠那点钱算什么，听说殷二胖千把万的贷款压在身上，还不是照样潇洒得很。

韦晓玉说，他是他，你是你，你怎么什么人不学单要学他殷二胖？再说了，人家那些玩手机的做的是什么生意？你要手机干什么用？

甘伟明想把自己原来设想的两个目的说出来，突然间觉得有些底气不足，他张了张嘴，没说出口。

韦晓玉说，照我看，你买手机还不是时候，你呀，是虚荣心在作怪！她的话一针见血。甘伟明的脸顿时红到脖跟。

韦晓玉看在了眼里，说算了算了，买都买了，算我没说，不过你真不够意思，买了好东西，还对我守口如瓶，是不是怕跟别的女孩子秘密通话被我听见？

她的孩子气又出来了。甘伟明见她没追问买手机的钱哪来的，便轻松起来，说，我哪有什么秘密？被你整天管着哪还有什么秘密？

韦晓玉轻轻捶了他一拳，怪嗔道，谁管你呢？人家心里总惦着你呗！

事情往往这样，设想中一些难以启齿、解释不清的问题，一旦捅破了那层窗户纸，你就会发觉，原来也不过如此。

甘伟明的手机终于在康桥露面了。风光着实风光，但烦恼随之而来。因为康桥歌舞厅开张后，一直没有安装外线电话，他的手机一时间成了人们的公用电话，当然，这个公用电话是不好收费的。不管是本歌舞厅的服务员，还是来来往往的熟客，都朝他借手机用。有心不借吧，对服务员，他似乎拉不下这个脸，本来买手机就有炫耀之意，服务员再一口一个甘老板叫着，倘若真的拒绝，难为情的就不仅仅是服务员了，她们或许会产生这样那样的想法，要么这甘老板天生是个小气鬼，要么他是买得起马配不起鞍，舍不得几毛钱的通话费；而对来舞厅的客人，尤其是熟客，就更不能不借了，人家是上帝，是送钱给你的，用你一下手机你都舍不得，往后这关系怎么维持？一旦用开了头，就刹不住车了，有一段时间，甘伟明的手机基本上是敞开了用。

一个月下来，到电信局交话费，他一看傻了眼，一个月的手机费用是三千两百多元，差不多占了康桥歌舞厅一个月毛利的四分之一。更让他闹心的是，他的手机买回来仅仅四个多月，本市乃至全国范围内的手机价格来了次大规模的降价，摩托罗拉8900型一下子暴跌九千多元，现在的市场价只有两万三千元。几个月前对形势的估计仿佛是一厢情愿的美梦。甘伟明有种被捉弄的感觉，但又找不到捉弄他的对手，也就是说，他自己被自己玩弄了！这么高的通话费再持续下去，他是绝对吃不消的。他决定隐蔽一些，尽量不在歌舞厅里使用手机，即使拿出来用一下，也不必像前些日子那样大张旗鼓了。每天晚上一到歌舞厅上班，他就将装着手机的小包交给韦晓玉，让她保管起来。

这天晚上十点多钟，甘伟明突然接到家里打来的一个传呼。他想这么晚打传呼来肯定有什么要紧的事，他得回个话，就去找韦晓玉拿手机。韦晓玉正在一个KTV包间唱歌。这个包间今晚上的来客是殷二胖，他找了韦晓玉几次，非让她这个舞厅经理兼本市红歌星给他个面子，为他的客人献几支歌，韦晓玉推辞不过，只好过去唱了。

甘伟明推开包间的门，见里边一片乌烟瘴气，就有些不自在。他把韦晓玉招呼到门口，冷冷地说，我的手机呢？

韦晓玉说，包我放在吧台了，让服务员保管着，我帮你拿去。她正想早点脱身。

甘伟明便跟在她后面，到吧台去拿包。

吧台服务员是个十八九岁的女孩，低着头在吧台下面掏了一气，放在那里的大哥大包居然不见了！女孩的脸一下子变得煞白，咦？包明明就放在这里，怎么不见了？

什么，包不见了？韦晓玉瞪大眼睛，急道，你再找找，再仔细地找找。

怎么回事？跟在后面的甘伟明心里咯噔一下。

女孩把整个吧台上上下下都找遍了，也没见到那只手机的影子。女孩急得哭了起来，这可怎么办？这可怎么办？

韦晓玉脸色发青，说，哭有什么用？叫你保管个包都保管不好，你说怎么办吧？

甘伟明还算镇静，对哭作一团的女孩说，你再回忆回忆，包到底是放在哪里的，你怎么放的？刚才有没有人用过手机？有没有人到吧台来过？

女孩一边哽咽着，一边说，韦经理一上班就把包交给我，我就随手放在这下面，九点多钟时，韦经理跟我要手机打过一个电话，然后又让我把它放回包里，包当时明明就放在这里的。

韦晓玉抢白了一句，莫非包会长翅膀飞了？

女孩怯怯地说，刚才……刚才我上了趟卫生间。

韦晓玉气得直跺脚，你怎么一点用也没有，上卫生间怎么不把包锁好？

看来正是在服务员上卫生间时，有人趁吧台没有人，将包拎走了。甘伟明倒吸一口冷气，这时才真正意识到问题的严重性。他知道现在光顾埋怨是没有用的，他对韦晓玉说，你别在这儿干着急了，赶快把几个服务员和保安叫过来，舞厅里所有人暂时都别让他们离开，我去派出所请人来检查。

　　十几分钟后，辖区派出所的几个值班民警就赶了过来。歌舞厅老板跟本辖区的派出所一般都比较熟悉，他们能这么快及时赶到，说明还是给甘伟明面子的。但是让着装整齐的警察在歌舞厅里查来查去，这是会影响生意的。但为了查找手机，他哪还顾得上犯不犯忌。

　　康桥歌舞厅一个大厅四个KTV包间，打亮灯光，里里外外搜了个遍；本歌舞厅的七八个服务员，加上男男女女二三十个客人，也都被民警过了目，手机和装手机的包终究没有找到。折腾了好一阵，派出所民警无功而返，客人们也气鼓鼓地走了一大半。

　　大厅里的灯暗下来，轻悠而温馨的萨克斯舞曲《归家》缓缓地响起来。甘伟明像遭了霜打似的，坐在黑暗中一言不发。韦晓玉难过得嘤嘤地哭起来，唉！怪我，我该多说一句，让她把包锁在抽屉里，我怎么就忘了说呢？

　　曲终人散，舞厅的场灯都开亮了。

　　殷二胖一帮人最后一批离开舞厅。看他俩坐在那发呆，殷二胖走过来说，走走走，跟我们吃夜宵去，什么大不了的事，不就是丢只手机吗？我都丢了两只了。

　　韦晓玉愤愤地瞪了他一眼说，谁能跟你比？

　　甘伟明摆摆手，你们去吧，我不想吃。

　　韦晓玉显然不愿意他在别人面前这么沮丧，她精神一振，一把将他拉起来说，走，不吃白不吃，咱偏去吃他这大户。

　　这天是九月五号，甘伟明的手机买回来用了不到半年，就遇上了这事。

四

　　经人提醒，甘伟明找到电信局白科长。

　　这个时候，白科长照样跟他开玩笑，你甘老板这样的款爷，丢个手机算什么？干脆再买一个得了，现在比半年前便宜多了。

　　甘伟明苦着脸说，我都急得要死，哪有闲精神跟你开玩笑？听说你们有办法查，你赶快给我想想办法。

　　白科长说，办法是有的，只要他偷去后继续使用，就能查到他拨打的电话号码，关键看他有没有继续使用。

　　甘伟明说，他偷手机去还能不用？那他偷这手机做什么？

　　白科长白了他一眼说，他不用，可以卖裸机呀，一个裸机正规渠道万把元钱，他拿到外地去，三千四千的就出手了，一旦在外地重新上了号，再用就查不出了。

　　甘伟明急了，那得抓紧查呀。白科长答应说可以帮这个忙。很快，失盗前后两天的电话单调了出来，九月五日晚上九点至次日凌晨一点，用手机打出去三个电话，以后就再没有使用。九点多钟那个电话，显然是韦晓玉打的，而后来那两个电话都是在夜里十二点前后拨打的，而且两次打的都是同一号码，可以断定是那个偷手机的人所为。电话号码也很陌生，一查，是市郊花山镇一户人家的电话。

　　谁会这么晚朝花山镇打电话呢？甘伟明猛然记起一个人来，那天晚上，有个KTV包间的客人是报社朱文光带来的。朱文光的社交特别广，康桥开业以来，他时常带人来玩，也算照顾朋友不少生意。朱文光那天特地向甘伟明介绍了跟他一起来的几个人，其中一个四十多岁的男子，就是花山镇的副镇长。从一个郊区镇上来市区玩歌舞厅的毕竟不多，所以甘伟明一下子就联想到这位副镇长。

可以说事情基本上有眉目的了。甘伟明来到那天报案的派出所，将可以作为证据的电话号码交给了所长。他知道，不通过公安机关，他就是明知道谁是窃贼，也难把手机要回来的。

所长说，你把号码留在这里，下面的事由我们处理。

甘伟明等了一天、两天……足足等了一个星期，也没有等到处理结果，他有些急了，又来到派出所。

所长把手里的一沓纸翻得稀里哗啦，你看看，你看看，我们成天该忙的事多了，实话跟你说吧，这大热的天，谁也不想跑你这事。你是个大款，玩得起手机，你不懂我们这些人的甘苦。

甘伟明心里有点数了，说，所长你看咋办吧？

所长笑笑，这样吧，也不要你多，你赞助所里五千元经费，我们负责把你手机追回来。

甘伟明本以为最多让他出点差旅费，再请他们吃喝一顿，哪里想到所长会狮子大开口。他眼下正为还贷的事忙得焦头烂额，哪里去拿这五千元钱？他红着脸说，所长你莫开玩笑了，我现在哪有这么多钱搞赞助。

所长说，甘老板玩得起手机，这点赞助能掏不起？哄鬼去吧。你这点血都不想出，我就没办法了，这事看来一时还没办法帮你解决。

甘伟明不好再说什么了，他知道自己实际上已经把所长得罪了。所长一般是不朝人开口的，既然开口就有把握。所长感到有把握的要求，却让他给挡回去了。他回到家，越想越来气，越想越觉得这事弄得太别扭了，一气之下，他拨通了花山镇那户人家的电话，听声音，接电话的是个中年男人。

甘伟明单刀直入道，我问你件事，九月五号夜里十二点钟左右，给你家打了两次电话的是谁？

甘伟明想，夜里十二点钟打来的电话，不管是谁接听，谁都会注意的，况且是通了两次电话。

对方好像被他的话震了一下,半晌没有声音,过了一阵,问道,你是谁?

甘伟明在听到这声问话的同时,头脑里一瞬间产生了一个直觉:现在这个接电话的人就是那个副镇长,这人就是窃贼!

他对着话筒,一字一顿地说,我是公安局刑警队的,你老实跟我讲,那天夜里,你家接了谁打来的电话?

对方没有回答,把电话啪地挂断了。

甘伟明想,你这样做,更证明你心里有鬼。他不依不饶,又把电话拨通。他喝道,你把电话挂掉干什么?你心里有鬼!你给我听着,你要不老实说清楚,到时候连你家人都要牵连进来。

对方显得很恼怒,说,不知道!我不知道你说什么!说完又把电话挂断了。

甘伟明岂能善罢甘休,他最终又把电话打通说,我警告你,某人窃取手机的情况我们已经掌握,他再不投案自首,必将受到法律的严惩!说完,他把电话挂了。他长长地舒了口气。

第二天,报社的朱文光急急慌慌地赶来了。原来,昨天接电话的就是那个副镇长。毕竟做贼心虚,副镇长让甘伟明劈头盖脸的那一通电话吓得够呛,连夜赶到朱文光家,请他出面,将事情私了。

朱文光说,副镇长那天喝醉酒了,到吧台买饮料喝,吧台服务员正好不在,他便醉醺醺地跑到吧台里边自己去拿饮料,无意中看到那只大哥大包,就顺手把包拎回了包间。当时谁也没在意他手里的包。他本来只是想开个玩笑,没想到一会儿警察来了,他忙把包塞在屁股底下的沙发肚里。等警察走后,他趁别人不注意,把手机揣到怀里,大哥大包仍丢在那个沙发肚里。

甘伟明说,你说他是醉酒的人吗?醉酒的人能把事情做得这么麻利?

朱文光顿了顿说,看我的面子,饶他这一次吧,昨天他到我家都下跪了，后悔莫及，只要不把事情捅出去，他答应给你赔偿。

甘伟明问，怎么个赔偿？

朱文光说，这个由你提出来，只要差不离，他保证负责赔偿。

就他这德行，还当副镇长？甘伟明皱着眉头说，算了算了，他修炼到这个位置不容易，为了这事毁了，他会恨我一辈子，我就不往外捅了。

那赔偿怎么赔法？

甘伟明摆摆手，你说我要他赔偿什么？赔偿我精神损失费？扯淡吧，你叫他赶快把我手机送回来。

民不举，官不究，这事就这样过去了。派出所那边不去追问，也再没见到处理结果。

五

没过半年，甘伟明的手机又让人偷走了。

这是个初夏的下午，天突然变了脸，一时刮起了大风，眼看一场暴雨就要下起来。甘伟明特意开着达西亚来到康桥歌舞厅楼下，从车里朝三楼的舞厅查看过去，发现有几个窗户没有关起来。他忙把车子靠到楼下，匆匆地跑上楼，开了歌舞厅的门，把那几个窗户一一关好。

在关最后一个窗户的时候，他看到楼下的马路边有个推着自行车的人朝他的达西亚走过去。

甘伟明一眼就认出这个叫金志国的人。当时，康桥歌舞厅的一部分装潢是他做的。金志国肯定是看到达西亚停在舞厅楼下，又来缠着他要钱的。这个人近来已经给他打了几次电话，又到歌舞厅来了两次，朝他要钱，都被他拒绝了。介绍金志国来康桥搞装潢的是银行信贷员，康桥的那笔贷款就是该信贷员办理的，当然得罪不起。本来，康桥的全部装潢都定下来交给金志国干，甘伟明预付给他一半的装潢款，可装潢了三分之一不到，毛病就出来。这家伙原来根本不懂装潢，他手下的所谓装修队也是临时在街头拉起来的杂牌军，不仅把活干得粗糙不堪，还偷工减料。甘伟明当时就想把他们赶走，无奈款已支付了一半，看那形势无论如何也要不回来，就只好让他们干到预定工期的一半，才撵他们走。接下来，甘伟明请了支正规的装潢队来，将他们干的不合格部分返工，勉强凑合过去。没想到金志国却倒打一耙，说甘伟明违反合同，还欠他五万多元钱的装潢款。这种无理要求甘伟明当然不会搭理，但金志国总是这么无赖般纠缠，实在叫人不知如何是好。

　　甘伟明只想远远地躲着他。他把窗户一关，在舞厅里约莫等了十来分钟，才伸头朝楼下查看。此刻天色已暗下来，豆粒大的雨点噼噼啪啪地打在窗户上，金志国早已没了踪影，他这才下了楼。

　　甘伟明跑到达西亚跟前，刚要开车门，却发现车门已经开了一条窄缝，一种不祥的感觉一下子袭上心头——刚才下车的时候，他匆匆忙忙地竟忘了锁车门！

　　他拉开车门一看，放在副驾驶座一侧的大哥大包又不见了！

　　他像条狗似的趴着，将驾驶室的所有地方都翻遍了，也没有找到他的包和手机。直觉告诉他，他的包极有可能让金志国拿走了。金志国知道这辆达西亚就是他甘伟明的"自行车"。十几分钟前，金志国推着自行车走过来，显然就是冲着停在路边的达西亚来的。他肯定以为，达西亚既然停在这里，他甘伟明不在车上，就在这车的附近。因为有深色玻璃膜隔着，他看不清车里究竟有没有人，他就贴着玻璃朝里看，这一看他没看见人，却看到了放在座椅上的大哥大包，他下意识地拉了一下车门，车门居然开了，不费吹灰之力，包和手机就到手了。他看周围没有人，一阵暗喜，顺手牵羊地把包拎了就跑。或许他还认为，这包他拿得合情合理，因为按他的逻辑，甘伟明不是还欠他五万多元钱的装潢款吗？

甘伟明坐在车上浮想联翩。刚才，是他躲着金志国，现在，金志国却失踪了，哪里去寻他？如果不是人赃并获，金志国只要一口咬定没拿，又有什么办法？

他只能去报案，但附近的派出所显然不能再去了。他开着车到了区公安分局，跟值班的民警一说，该民警嘴一努说，这事你找刑警队去。于是他又找到刑警队。接待他的是个年纪很轻的刑警，看样子刚从警校毕业。他有些失望，但还是很仔细地讲述了事情的经过，并分析了自己的怀疑和推测。该刑警年纪虽轻，但颇有些经历过大风大浪的派头，对他的推测不屑一顾。他说，这只是你的怀疑，你有什么证据可以证明手机是他偷的？

甘伟明想了想说，可以查一下车拉手上的指纹，除了我的指纹，肯定还有那个小偷的。

刑警说，笑话，这么大的雨，什么样的指纹也不存在了。

甘伟明说，还有个办法，我最近不去挂失停机，专等他使用手机，只要他一打电话，狐狸的尾巴就露出来了。

刑警说，那你就用这办法试试呗。

甘伟明心想，弄了半天，就等来你这句话，看来等你们破案又没指望了。如今那么多大案要案，谁会在意丢一个手机的案子？

刑警还算负责，把他的手机号码、被盗时间、地点都记了下来，说，等有了什么线索我们再联系吧。

从当天晚上开始，甘伟明朝被盗的手机打了多次电话，都是关机。他设法找到金志国的住宅电话，直截了当地问他，拿了他的手机没有？

金志国矢口否认，连刮大风那天傍晚到过康桥歌舞厅楼下，他都不承认，还得寸进尺，抱着电话不放，又跟甘伟明要那无中生有的五万元装潢款。并扬言道，近日就要拿着他们当初订立的装潢合同，到法院起诉甘伟明。

对付这种地痞无赖，甘伟明毫无办法，他只好寄希望于电信局的电脑设备。但这一次他的对手显然是个老谋深算的狐狸，足足等了两个多月，也没有查出一次使用手机的记录。

六

甘伟明来到电信局，起先的意图是挂失停机，但白科长几句话打消了他的念头。

白科长说，手机丢了，号码还照常可以用嘛，这么好的号码闲置不用，不是浪费吗？

甘伟明想想也是，费了驴大的劲才弄到这个号码，入网费也花了，停机似乎真是可惜了。

白科长越说越刻薄，才玩了年把的手机，就要停机，你这家伙就这个本事？说出去不嫌丢人？

甘伟明问道，我这边如果继续使用原来的号码，被偷去的那部手机要是开机怎么办？

白科长说，这你就不必担心了，你只买裸机，用原号码，原来那部手机就被自动停号了。

白科长这么一说，甘伟明的心里又痒起来，这一次，他打算跟韦晓玉商量一下再做决定。

这次手机被盗的情况他从一开始就没有瞒着韦晓玉，当然瞒也是瞒不住的。她曾经还想过用以黑制黑的办法对付金志国，请殷二胖出面，带一帮人直接找金志国。他觉得她的想法有些幼稚，说黑吃黑这种做法弄不好会出大纰漏，我不想惹这麻烦；再说金志国这家伙也绝非等闲之辈，他跟银行、法院等单位好像都有些关系，绝不会因为殷二胖出个面就被唬住，要是反咬一口，我们这边倒会落个诬陷好人的罪名。她叹息道，你呀，总是这么优柔寡断。

甘伟明跟韦晓玉说了买部裸机的想法，韦晓玉连折扣都没打，表示赞成。

韦晓玉帮他买回的是一部摩托罗拉9900型手机。这种手机明显比8900型先进，小巧轻盈，还可以折叠，可以装在衣服兜里或者像BP机似的挂在腰上；时下裸机的价格是八千元，是8900型两倍的价。她对他说，前两次手机都是放在包里让人家拎走的，这一个往后你就用不着装在包里了。

她想得真周到。她的善解人意让他感动。

七

那天晚上的行动显然是有计划的。

辖区派出所几个身着便衣的民警突然来到康桥歌舞厅，对每个KTV包间进行检查，结果从包间里带走一对男女，理由是这对男女相互间不知姓名，女的明摆着是个陪舞小姐。

第二天，派出所送来一张停业整顿一周和罚款五千元的通知书。

甘伟明心里非常清楚，这是他得罪所长的后果。当初，人家朝你要五千元的赞助，你舍不得掏，现在随便找你个岔子，名正言顺地罚你五千元，要你不但老老实实地认罚，还充当一回不光彩的角色，这就叫敬酒不吃吃罚酒。你在人家手心里攥着，人家想怎么收拾你就怎么收拾，你有什么办法？你只有厚着脸皮去请人家开恩，放你一马。

所长知道他会找来的。所长见到他，脸上露出一种盛气凌人的笑容，问，交罚款的钱带来了吗？

甘伟明仗着跟他比较熟悉，故意装糊涂说，带多少钱？我先来接受批评教育，罚款的事等等再说行不行？

所长板起脸来，先把五千元罚款交上来再处理你。

甘伟明的脸红了，慌什么，少不了你的钱。

所长一拍桌子，指着他说，甘伟明，你放老实点，这里不是你嬉皮笑脸讨价还价的地方！

甘伟明原想跟所长套套近乎，没料到人家上来就给他个下马威。他哪里受过这般待遇，头脑里嗡嗡的，一时竟跟失去知觉似的。恍惚中，他听所长说，你们康桥搞什么名堂？搞三陪呀，你甘伟明好大的胆！早就有人反映了，这一次罚你们五千元关你们半个月的门算是客气的，下次如果再发现有三陪现象，你这个老板恐怕就要尝尝蹲铁笼子的滋味了……

甘伟明的手机就在这时不合时宜地响了起来。这响声让他心惊肉跳，他犹豫了一下，但响声持续不已，他只好掏出手机。

所长显然对他的手机特别在意。所长说，你甘伟明真的不简单嘛，手机一个一个地玩，大的换成小的，还张口闭口没有钱，你哄鬼哟！

所长勾了勾手，示意他把手机递过去。

所长接过手机，朝桌上一摆，说，实在不想交钱，用这手机抵也马马虎虎。

从派出所回来，甘伟明非常沮丧，他没想到自己落到这般难堪的境地。下海几年来，他的自我感觉一直还算不错，今天所长对他的态度无疑给了他当头一棒。他知道，凭自己的本事，不把五千块罚款交上，手机肯定是要不回的。这部手机是一个月前韦晓玉买的，不仅仅是八千元钱的问题，这里边也有她的一份心，想尽办法也得把它赎回来。想来想去，他只得求助于报社的朱文光。这位老兄在市报专跑政法口，公安系统的头头脑脑，他没有不熟悉的。朱文光不负重托，很快就把手机要回来了。罚款的事据说已报到公安分局，不罚是不可能的，但停业整顿的处罚就免了。

八

　　康桥歌舞厅开了两年，甘伟明感到越活越累，钱却越来越难挣。这些日子，本市的娱乐场所一窝蜂上得太多太滥，歌舞厅、KTV包间、卡拉OK厅、迪厅、咖啡屋、音乐茶座、休闲娱乐中心，雨后春笋一般迅速遍布大街小巷，竞争之激烈近乎白热化。一个四五十万人口的小城市，流动人口又不多，到这些场所消费的人本来就有数的那拨人，加上这两年公款消费受到遏制，歌舞厅的消费水准便像手机价格似的一降再降。即使这样，生意也还是越来越差。

　　银行贷给康桥的三十万元是计划外的流动资金贷款，仅六个月期限。实际上，在甘伟明刚买手机那个月底，贷款就到期了。这六个月舞厅赚的营业利润除了交付银行的贷款利息，又因为买了一部手机，所剩无几，根本谈不上归还贷款本金。又一年多过去，好歹还了六七万元本金，但离三十万的数目毕竟差距太大，银行再不肯容忍了，一遍又一遍地过来催款。两天前，下了最后通牒，如一个月内不将逾期贷款还清，他们将向法院起诉。

　　一个月的时间，他上哪去弄二十多万元来还债？这显然是办不到的事情，甘伟明急得像热锅上的蚂蚁团团转。这天，他把达西亚开到银行，他想把这辆车作价抵给银行，借以证明自己还款的诚意，请他们把还款期限放宽一段时间，给他喘口气的机会。可银行信贷科长对他送上门的这辆车根本不感兴趣，说，我们要的是钱，我们要你这破车干什么？你没有钱还款，我们马上就起诉，到时候你把这破玩意儿送到法院去，让法院处理。

　　甘伟明碰了一鼻子灰，开着车回舞厅。他头脑里乱糟糟的，想想自己目前这般艰难处境，心里一阵酸楚，泪水不知不觉地流出来。下海那会儿，他挂靠一个有名无实的机关单位，注册了一家广告公司，赤手空拳地干了起来，生意虽说不是很红火，但三年下来，还是小赚了一笔，在这座不南不北的小城里，俨然一个不大不小的款爷。他万万没想到，一切会变得这么快。他没想到，四五十万元投资的歌舞厅，变成了套在他脖子上的沉重枷锁；他更没想到，自己会混到今天。

甘伟明一边开着车，一边想着这些烦心的事情，凑巧这时候装在身上的手机响了，他伸手去掏手机，一不留神，车头一下子抵到了前边一辆面的车的后腔上。前边是个十字路口，红灯一亮，黄面的减了速，他却没在意，这当然由他负全部责任。幸好车速本来就不快，两辆车都没有大损伤，黄面的后面被抵了个凹窝子，一边的尾灯也被撞得粉碎，达西亚的两只前灯都撞坏了，引擎盖也变了形。面的司机从车上跳下来，指着甘伟明破口大骂，你瞎了眼！你会不会开车？甘伟明吓了一身冷汗，还没从惊悸中反应过来，况且他自觉理亏，便坐在车上一言不发。

路口值勤的交警马上跑了过来，问都不用问，把他的驾驶照和行车本扣了下来，车子也被勒令开进附近一家停车场。

面的司机得理不饶人，开口就要他赔偿一千元的修理费，外加耽搁一天生意的损失费四百元。两下讨价还价，交警从中调解，好歹降成一共赔偿一千元了事。

甘伟明身上没带那么多钱，只得回舞厅去拿钱。他对眼前这个虚张声势的面的司机特别反感，一时迁怒于所有的面的车，他偏不打的，直等到一辆脚踏三轮车慢悠悠地踩过来，他才坐了上去。慢悠悠地去，又慢悠悠地回，把交警和那位面的司机气得直朝他翻白眼。交警劈头盖脸训了他一顿，又罚了他一百元的违章款，才把驾驶照和行车本还给他。他心里很觉窝囊，真是人不走运——吃豆腐都硌牙。

他将车子发动,正准备走人,忽然发觉身上少了什么东西。他下意识地摸了摸裤腰,糟了!忙乱之中,他的手机不知什么时候不见了。

九

手机肯定是坐三轮车时丢的。甘伟明隐隐地记起,刚才从达西亚车上下来时还把手机挂到裤腰上的,一定是坐三轮车时手机从裤腰上蹿了下来,他居然一点没有在意。

糟糕的是,他刚才一直心事重重,对那辆三轮车和三轮车夫的模样是一头雾水,一点儿印象也没有。也就是说,满街的三轮车都是他的怀疑对象,这叫他如何去找?

在此后的几天里,他隔上一段时间就拨打一次手机号码。关机,总是关机。他又到电信局去调号码,可这几天手机并没有朝外打电话。看来这两条路都行不通。无奈,他花了两百多元,在本市的广播电视报上登了个寻物启事。启事称,对拾到手机归还给他的人将予以重谢。

姜太公钓鱼,愿者上钩。这一招真灵。广告登出来第二天,他接到一个电话,听口气绝对不会是三轮车夫,此人说是受人之托打的电话,他的一个朋友的老娘上街买菜,在路边上拾到一部手机,时间和手机的型号与寻物启事所登相吻合。甘伟明顿时喜出望外,还没等到人家把话说完就连连称谢。电话那头话锋一转,说老太太最关心的就是你打算怎么个重谢。甘伟明没想到对方会这么直截了当地提出酬谢问题,他只好含糊其词地说,让老太太放心,我肯定重谢她的。对方不依不饶道,你到底怎么个重谢,你说清楚了,你不说清楚,我这个中间人不好做。

甘伟明真的没想好该怎么酬谢人家。酬谢难道还有什么标准？酬谢应该是单方面的意图，酬谢的方式方法、酬金的多少应该由他自己决定，这里怎么冒出个中间人？他心里对这个中间人顿生反感。于是他不客气地说，你们拾到我的手机能归还给我，这是做好事，我肯定会感谢你们的，至于怎么感谢，那是我的事情，我想我不会让你们失望的。

对方听出他的不满，显然也有些不高兴，说你这人怎么回事？是你自己在报上登出启事说要重谢人家的，到底怎么重谢，你不说出个子丑寅卯来，人家凭什么把手机给你？你这个人是不是想来虚的？我可以明确地告诉你，你空口说白话，想随随便便打发人家，这手机你就别想要了。

甘伟明一时语塞，他想如今这人都怎么啦，做好事还要附加这么多条件，而且赤裸裸地索要，这与敲诈勒索有什么区别？对方见他半响还不表态，就发难道，这手机看来你是不想要了，你登那广告是哄人的啊！说完把电话啪地挂断了。甘伟明这下慌了，冲着已经挂断的电话喂喂喂地直叫唤——当然不会有回音，他气得朝自己脑门上捶了一拳，懊悔不已。

不过他心存一线希望，他想对方既然是冲着重谢二字来的，就有可能继续来探问究竟。他想好了，只要对方再打电话来，他无论如何也要稳住劲。不出所料，第二天，中间人的电话又打来了。对方说，实话告诉你，这个机会是我给你争取的，人家老太太一家听说你没有诚意，都不打算跟你啰唆了，我跟他们做了不少工作，人家才答应请我再跟你谈一谈。

甘伟明先做了一番自我检讨，实在对不起，我昨天话说得不妥。这样吧，到底怎么酬谢，你说个数。

对方顿了顿，好像是跟边上的人商量。接下来他说，那我就不客气了，人家老太太一家提出酬金不少于三千元，因为已经有人出高于这个价要把手机买去。

什么，三千元？甘伟明一愣，如今这人真是想钱想疯了，这是做好事吗？这明明是趁火打劫！他简直火冒三丈，但理智告诉他，千万不能发火。他说，三千元，不行！要三千元的话，我还不如再去买一部了，哪有这样的道理？

对方说，三千元这个价是老太太一家提出来的，我也觉得有些高了。这样吧，两千元怎么样？

甘伟明说，两千元也太多了，能不能再少点？

对方说，两千元都是我帮您好不容易压下来的价，这个价你再不接受，看来真的是没必要再谈了。对方的口气很硬，似乎已经没有商量的余地，接着他又不无揶揄地说，我不相信你们这些玩手机的款爷，还在乎这两千元钱？

甘伟明心里真是苦啊，玩手机的人跟人家哭穷，人家绝对不相信，人家肯定是把他当冤大头来宰了。他只好一咬牙说，两千就两千吧，手机现在在哪里？咱们约个地方交接一下怎么样？

对方哈哈一笑说，你这人办事还蛮爽快的，你爽快咱也爽快，你把钱带好了，马上就可以过来交接。交接地点定在武警支队的一个中队部。对方说他是在那儿工作的武警干部，老太太一家正是考虑到这一点才让他做中间人的。

甘伟明开着达西亚赶到武警中队。中队部的会议室里，三个警官跟一个六七十岁的老太太看样子已经静候多时。警官们表情严肃地坐着，好像是给老太太保驾护航。甘伟明搞不清哪位是跟他打电话的人，三个警官看来也不想暴露各自的身份，他也就不便细问了。

他把钱交给老太太。老太太很细致地把钱点了两遍，看准确无误，这才从身上掏出那部摩托罗拉手机。

甘伟明接过来试了一下，正是自己丢失的手机，他违心地说了几句感谢话，又跟三个警官一一握手，然后逃也似的离开了武警中队。

手机失而复得，他却高兴不起来。

十

殷二胖出事了。

殷二胖的公司早两年的繁荣是一种假象，是靠大量贷款撑起来的。殷二胖采取的方法是先用小恩小惠开道，贷来头一笔款；有了钱之后，大肆行贿，以便贷出更多的款；再行贿，再贷款，如此恶性循环，贷的款已经超过千万。这些钱除了用于行贿和偿还银行利息，再就是吃喝玩乐，一个正经生意也没做起来。殷二胖表面上乐哈哈的，心里却很着急，狗急跳墙，竟跟人家做起走私汽车的买卖，两回下来，让边防警察盯上了，这次被一网打尽。殷二胖折了几百万元不说，人也进了班房。拔出萝卜带出了泥，大肆行贿套取银行贷款的事就暴露出来，几位银行干部也因此栽了跟头。

一时间，凡是跟殷二胖有牵扯的人和事都成了敏感话题。康桥歌舞厅贷的款是殷二胖公司担保的，两三年下来，惨淡经营，只还了银行六七万元本金。本来，银行虽然一次又一次催要，但考虑到他们能按时付息，本金能逐步偿还，也就没有跟他们认真追究。殷二胖出事之后，担保实际上成了空的，银行的态度就变了，立马对康桥动起了真格，一纸诉讼送到法院。法院也特别重视，案子很快由经济庭判下来，交由执行庭执行。

康桥歌舞厅被上了封条，接下来，甘伟明被请到法院执行庭。甘伟明是开着车、怀揣手机去的，两个小时后，从法院大门出来，他已经是两手空空。车和手机由法院负责拍卖，抵充所欠银行贷款。

一个月之后，康桥歌舞厅被强制拍卖，四十多万元的投资，拍价二十三万，达西亚拍价一万五千元，手机被银行留下使用，作价四千元，这些钱加在一起，正好抵消所欠银行贷款和诉讼费用。在处理手机时，法官特意把甘伟明叫了过去，说，如果你想把这只手机要回去的话，可以先照顾你，你带四千元来，可以把它拿走，否则，我们只能把它交给银行了，反正银行方面连机带号只认四千元的价。

　　温文尔雅的甘伟明忽然骂了句，×××的！我上哪去拿四千元？这部手机算是让我伤透脑筋了，我再也不玩了！

　　法官的脸拉下来，喝道，姓甘的，你注意一点，这是法院，不是你撒野的地方！

　　面对下海之后这次毁灭性的打击，甘伟明很快就平静下来，他甚至有种空空荡荡的轻松感，这简直有些不可思议。

　　韦晓玉却无论如何接受不了这突如其来的变故。这天，他们从拍卖会场出来，回到她那套为了便于他俩约会而租住的公寓房，她就号啕大哭起来，任凭甘伟明在一边不住劝说，也无济于事。她哭得很伤心，他们耗了五年光阴，吃了多少苦，到头来，竟落得这么两手空空的结局，这对她的打击太大了。另外，殷二胖蹲了窄房，听说可能要判无期徒刑，这件事对她的触动也不小。殷二胖毕竟一直待她不错，两个人虽然没有什么亲密关系，但朋友间的情谊总归有的。

　　韦晓玉已经跟几个朋友联系过了，他们在南方那些城市做歌手，收入很可观，或许还有别的发展，他们邀她过去。

　　甘伟明上去搂住她的双肩，晃了晃，你怎么能这样？你别走了！

十一

大约在1997年底，甘伟明在一张晚报上看到这样一篇文章：

大哥大：粗俗的代名词

　　德国社会观察家指出，如今在德国，如果有三种东西象征粗俗，那就是：蔻丹涂得太浓的指甲、镀金的水龙头和手机。

　　衣冠楚楚的年轻人，在公众场合手持大哥大，从前会引来钦美的眼神，现在却难免遭人鄙夷。有些德国人甚至开始认为，大哥大用户多半是无足轻重的人物，请不起秘书在办公室为他们接电话，甚至根本就没有办公室，只好自己接电话。

　　德国人卡拉塞克写了一本书，名为《手持大哥大》。他对大哥大用户的心理详细探讨了一番，最后把大哥大归类为"玩具"。

　　而专门研究通讯心理学的法兰克福学者哈斯也说，只有百分之十的用户利用大哥大谈正经事，其余的都在扯淡。

　　所以德国不少公共场所都在大力反对大哥大，譬如剧院和教堂，而有些高级饭店的大厅干脆亮出"禁打大哥大"的告示牌。

　　目前手持大哥大在德国仍能神气活现的地方，唯学校而已。因为移动通信业拼命游说家长，让孩子手持大哥大，家长就可以随时掌握他们的行踪。孩子也乐得拥有大哥大，毕竟可以向同学炫耀一番。

这一年的七月份，香港回归祖国之后，甘伟明回归到了原单位，这其中他当然做了艰苦卓绝的努力。

他是靠在自家客厅的沙发上看完这篇文章的，他的嘴角挂着曾经沧海的人那种居高临下的微笑。在他边上，韦晓玉正看着电视剧，她正被剧中某个情节逗得发笑。

蹚过屈辱之河

五一节前夕，杨新军报名参加港城旅行社组织的凌州三日游活动，打算利用几天长假好好放松一下。

这天，他随团来到秦山岛游玩。岛上有条称作"秦皇神鞭"的小道，蜿蜒伸向海中；海水涨潮落潮，带来无数美丽的贝壳，堆积在这条神鞭小道上。旅游团的姑娘小伙子欢呼雀跃，一起拥过去捡贝壳。这时，一个身着长裙的姑娘不小心崴了脚，疼得尖叫了一声。杨新军刚巧在她身后，连忙把她搀扶到一块礁石上歇息，两个人就此相识。

杨新军刚过而立之年，长相帅气硬朗。他出生在灌河县一个普通工人家庭，中专毕业后，在县城一家纺织企业做营销。他头脑灵活、工作勤奋，不久就成了厂里的业务骨干。两年前，他在县城买了套两室一厅的住房，又花十多万元买了辆轿车，成了小县城率先步入"有房有车"的富裕一族。

身着长裙的姑娘长得妩媚动人，名叫金丽娅，是师范学院的大四学生，家住凌州市区，父母都是机关干部。

从秦山岛回来后，杨新军急忙陪金丽娅到就近的医院，请医生帮她推拿，并在随后的旅途中，一路照顾她。几天相处下来，两个年轻人很快萌生爱意，到了分别的时候，已是依依不舍。

当年夏天，金丽娅大学毕业，为了与杨新军的恋情，她不顾父母反对,放弃了在市区工作的机会,来到县里当了一名小学教师。第二年春节,他们步入婚姻的殿堂。

婚后,杨新军对妻子说:"你能嫁给我这个小县城里的销售员,我真是太幸运了。我不能委屈你,得干出一番事业给人家瞧瞧,你看人没有看错。"

此后,杨新军毅然辞去那份干得非常出色的工作,拿出十几万元积蓄,又想办法贷款十万元,招了十几名工人,办起了一家"阳光织造有限公司"。凭着这些年摸爬滚打出来的经验,很快便把公司办得红火起来。因为企业尚处在初创阶段,杨新军全身心地投入其中,名为经理,实际上连采购和销售工作都一人担当。如此一来,无意中冷落了新婚的妻子。

为了安抚妻子,杨新军买了台电脑回家,又装上宽带,让妻子独处时上网打发时间。令他始料未及的是,仅仅十几天工夫,妻子便迷上了网聊。

金丽娅对丈夫忙于生意而受冷落确有怨言。从精彩纷呈的大学生活,到初为人妻便时常独守空房,这一切来得太快,反差太大,她还根本没有适应过来。而上网聊天,不但让她排解了寂寞,又似乎让她找回了学生时代的激情。

阳春三月的一天晚上,金丽娅在同城聊天室和一位名叫"快乐王子"的网友聊上了。金丽娅觉得对方语言幽默、学识渊博且反应敏锐,是难得一遇的聊友。而"快乐王子"对网名"雪绒花"的金丽娅也是大加赞美:"跟你聊天是一种美的享受,想象中的你一定是个像雪绒花一样美丽活泼的女孩。"随后,两个人又有几次热聊。在"快乐王子"的迫切请求下,金丽娅与他互留电话号码,并约定在本月的一个双休日,两个人到凌州市郊的花山风景区见面。

因为在网上已经聊得很多,见面后两个人之间没有丝毫的陌生感。"快乐王子"约莫三十五六岁,正值男人的黄金季节,肚皮微腆，一脸的春风得意。在景区游览时，他一边向金丽娅大献殷勤，一边吹嘘起自己的"光荣历史"：他当过武警，曾在一次执行任务时光荣负伤。从武警部队退伍后，又到大学深造，现在是手握实权的机关干部……

面对"武警英雄"的耀眼光环，金丽娅神志迷离，心中的男女防线早飞到了九霄云外。当天晚上，他们便到市区一家宾馆开房过夜。激情过后，金丽娅有些懊悔，泪水不自觉地流了出来。"快乐王子"见鱼已上钩，便把真实身份告诉金丽娅，自己名叫祝学敏，是灌河县桃园镇财政所所长。他信誓旦旦地表示，自己是真心喜欢她，从今往后会永远对她好的。

经过两年多的发展，杨新军的公司资产已达上百万。与其事业上蒸蒸日上的局面相反的是，他和妻子的感情日渐疏远。杨新军明显地感觉到，金丽娅已经不像刚结婚时那样盼他回家了，即便是两个人亲热时，她也缺乏热情，甚至是敷衍了事。

接着，杨新军在家接了几个莫明其妙的电话，每次他把电话拿起来"喂"了一声，对方就把电话挂断。他根据来电显示的手机号码再打过去，对方听到他的声音，并不答话，立即就把手机掐断。还有几次和妻子在一起时，他听到妻子的手机响了，她拿过来看了一下，却没有接听，眼睛里明显闪过一丝慌乱。一次，他忍不住问道："谁来的电话，你怎么不接？"金丽娅说："是个不熟悉的号码，不想接。"杨新军没有多问，但他心里的疑团越来越重。这天，他拿着金丽娅的身份证，到移动公司将她的手机通话清单打了一份，发现她跟其中一个手机号码通话最多，而这个手机号正是他记下的那个来电显示号码。

杨新军把话单拿回家，朝妻子面前一拍："你给我说清楚，这个手机号到底是谁的？你跟他通话这么热乎，到底是什么关系？"

金丽娅见丈夫背着自己把通话清单都拿回来了,瞒是瞒不住了。她说这是祝学敏的手机号,他们是通过上网聊天认识的。杨新军岂能善罢甘休,继续逼问他们网上搭识后又是怎么见面的,见面后发生了什么事。在杨新军的步步紧逼下,金丽娅只好承认自己与祝学敏已经越过雷池,发生了不正常的关系。

得知妻子不仅跟人家网恋,且已红杏出墙,杨新军气得暴跳如雷,冲上去就对金丽娅一顿拳打脚踢。

金丽娅没有反抗,而是流着泪说:"杨新军,我们离婚吧,这样的生活我不想继续下去了。"

杨新军咬着牙说:"没那么便宜!等我收拾过姓祝的小子,再来跟你算账!"

杨新军冲出家门,开着车就去找祝学敏拼命。但是,他又转念一想,这么做动静太大,弄不好会在县城里闹得满城风雨。实际上他还是爱金丽娅的,并不想真的跟她离婚;他还怕事情闹得太大,让人家都知道他被戴上了"绿帽子"。

思来想去,杨新军决定放弃硬拼,而要给祝学敏一个警告,叫他立即远离金丽娅。于是,杨新军开车来到那个离县城只有十几公里的桃园镇,找到了在镇里担任财政所所长的祝学敏。开始,祝学敏竭力抵赖,不承认与金丽娅发生过两性关系。后来,杨新军点出了他们的几次约会地点,并要求双方对质,祝学敏这才低头承认。

杨新军眼冒怒火,逼视着祝学敏说:"你不是财政所所长、镇上的财神爷嘛,你写个保证书,保证从此不再纠缠金丽娅。你再拿二十万元来,赔偿我的精神损害,否则,我叫你身败名裂!"

祝学敏哭丧着脸说:"保证书我可以写,可我到哪里去拿二十万?别说二十万,现在我一万也拿不出。"他见势不妙,把杨新军晾在办公室里,趁机开溜。

几天后,杨新军拨通了祝学敏的电话,说你逃过初一逃不过十五，事情到底是私了还是公了？祝学敏怕事情闹到镇上和县局领导那里下不了台，心里发慌，连说了几声"私了"。杨新军诈钱并不是目的，他心里只想教训这小子一回，让他以后再不敢跟金丽娅来往，于是对祝学敏说，私了的话，钱不能少于三万！祝学敏还想讨价还价，杨新军已经把电话挂断了。

又过了几天，杨新军驾车来到县城中洋广场一家酒店门口，与事先约好的祝学敏见了面，祝学敏从包里取出三万元现金交到他的手里。

杨新军敲了祝学敏三万元钱的事情，金丽娅很快就知道了。杨新军说这是让祝学敏出出血，让他记住这个教训。金丽娅却不这样认为，她说杨新军太不看重她了，三万元就把她给卖了。而祝学敏被敲三万元钱后，也并未"伤筋动骨"，不久，他便和金丽娅旧情复燃，而且变得全无顾忌，成了尽人皆知的公开情人。

杨新军没想到事情发展成这样，他异常恼火，心烦意乱，连厂里的业务都无心打理。回到家，金丽娅对他也是冷若冰霜，形同陌路。

杨新军觉得自己被逼到了绝境，已无路可退。他决定跟踪祝学敏，寻找机会对他进行报复。

通过一个多月的跟踪调查，杨新军把祝学敏的底细摸了个大概。这个祝学敏是个情场老手，几年来与多个女人保持不正当关系。而养情人是要花钱的，祝学敏仗着自己当财政所所长，据说经济上也不干不净。一次朋友聚会时，他还自我吹嘘说，自己魅力无穷，在几个情人之间穿梭，照样精力旺盛，左右逢源。杨新军了解到，不久前，这个自称"情圣"的花心所长和一个名叫张晓娜的女人闹过一场风波。张晓娜原是他的铁杆情人，如今两个人反目成仇，分道扬镳。

杨新军觉得张晓娜肯定知道祝学敏的"软肋"所在，他决定从她这里找到突破口，彻底揭开祝学敏的庐山真面目。于是，他费尽周折找到了张晓娜，含着泪向她讲述了自己与金丽娅相识、相爱、结婚和创业的经历。张晓娜问："你说这些，跟我有什么关系？"杨新军说："关系大着哩，是祝学敏的插足，害得我们夫妻关系面临破裂……"

杨新军的诚意打动了张晓娜，"同是天涯沦落人"的经历把他们的距离拉近了，很快，两个受害者有了共同语言。张晓娜把自己与祝学敏的一段爱恨情仇毫无保留地告诉了杨新军。

原来，张晓娜的丈夫是祝学敏一个很要好的朋友，常年在外做水产生意。而张晓娜与祝学敏同在一个镇工作，因离县城的家较远，她便经常住在单位宿舍里。祝学敏开始以她丈夫好友的身份去看望她，一来二去，就对这个漂亮丰满的少妇动了邪念。因为与丈夫长期分离，深感寂寞的张晓娜终于禁不住祝学敏甜言蜜语的诱惑，投进了他的怀抱。从此，张晓娜自以为找到了知音，找到了自己的幸福，爱好写日记的她还把两个人偷偷约会的快乐感受写进了日记。

不久，张晓娜怀孕了。为了不让丈夫怀疑，她向单位请了长假，来到丈夫身边。一段时间后，她故作惊喜地告诉丈夫，自己怀孕了。丈夫自然很高兴，不过，在这同时，丈夫心中有一团疑云挥之不去。他有个秘密一直瞒着妻子：因两个人婚后一直未育，他曾多次到医院检查，发现自己没有生育能力。这件事已成为他最大的心病，也是他常年不回家的根本原因。而今，妻子却突然怀孕了，他真的是又喜又惊，他不敢往坏处想，以为自己又有了生育能力。于是，他把这个长久压抑在心底的秘密如实地告诉了妻子。

张晓娜着实吓了一跳，但她很快镇静下来，百般安慰丈夫说："现在这些医院为了赚钱，误诊的事太多了……"

张晓娜怀孕六个多月的时候，丈夫怕她一个人在家受累，便暂时放下生意，赶回来照顾她。夫妻俩同住在单位宿舍里，他闲得无聊，便跑到晓娜的办公室里玩。正巧晓娜出去办事，办公室抽屉忘了上锁，他随便翻了一下，看到一本精美的日记本，出于好奇，就打开日记本看了起来。妻子的日记让他知道了一切。他一气之下，拿了把菜刀到祝学敏的单位宿舍找他算账。祝学敏没有地方躲藏，吓得连忙跪地求饶。晓娜的丈夫强压怒火，要他付给未出世的孩子十万元抚养费。两个人经过讨价还价，最后祝学敏答应拿八万元了结此事。晓娜的丈夫拿到八万元后不辞而别，从此失去联系。

　　张晓娜独自一人把孩子生下来后，找祝学敏讨抚养费。祝学敏眼一瞪，说："看来你和你丈夫是合计好了来讹我，钱让他拿跑了，我不可能再给你一分。"张晓娜流着泪说起两个人往日的欢爱，要他离婚跟自己结婚，当即遭到祝学敏严词拒绝："简直是笑话！如果跟我好的女人都要找我结婚，我结十次婚都不止了！"一听这话，张晓娜差点气晕。从此她再也没有搭理祝学敏。

　　张晓娜还向杨新军透露了一个至关重要的信息：她跟祝学敏分手那天，祝学敏提起她丈夫敲了他八万元的事，气得咬牙切齿，无意中说出这笔钱是他绞尽脑汁从单位的账上"挤"出来的……

　　杨新军将自己所了解的情况一五一十地告诉了金丽娅，并提醒她："你不要轻信祝学敏，他完全是骗你的。他的身后有一串情人，所有的情人都不是他的真爱，他只不过是在情人身上寻找刺激而已。他也不可能跟老婆离婚的，更不可能跟你结婚！"然而，妻子对他的提醒根本听不进去，反而认为他是因为嫉妒来编造谎话诽谤祝学敏。此后，杨新军又多次劝说妻子，可执迷不悟的金丽娅始终不相信他，后来干脆连家都不回了。杨新军欲哭无泪，他不知道用什么办法才能挽回这即将崩溃的婚姻。

杨新军夜不能寐，心里极其矛盾。他想，要让妻子相信自己所说的一切是真的，他只有揭开祝学敏的"画皮"，把他的丑行公之于众。而一旦如此，自己敲诈祝学敏三万元的事就会随之暴露，自己面临的将是牢狱之灾……但是，男人的血性和尊严告诉他，他必须这么做，他已经没有退路！

杨新军处理好家里和公司的一应事务，带上三万元现金，冒着自己涉嫌敲诈勒索的罪名，走进县检察院，举报了祝学敏涉嫌贪污公款的罪行。

检察机关对杨新军举报的情况非常重视，随即对祝学敏立案侦查。没几天，祝学敏就被刑事拘留。

检察机关查明，祝学敏担任桃园镇财政所所长五年来，利用职务之便，采取截留、收入不入账和核销往来等手段，贪污公款近三十万元；他还利用职务之便，未经分管领导批准，擅自将财政所管理的有线电视工程专款二十一万元以支付集资款名义挪用给某个体户从事营利活动。检察人员经过调查取证，证实了祝学敏贪污八万元用于了结他与张晓娜的私生子纠纷，及贪污三万元应付杨新军的敲诈等犯罪事实。

根据法律规定，杨新军的举报有重大立功表现。检察院建议公安办案人员对他从宽处理。公安机关采纳了检察院的意见，采取取保候审的措施，让被关押了半个月的杨新军走出看守所的大门。

在取保候审期间，杨新军发现金丽娅已经从单位辞职，不知去向，遂向办案人员请假去寻找妻子。办案人员准予了他的请求。他来到岳父母家里，得知金丽娅已经去了广州，在一个朋友处暂住。原来，金丽娅亲眼看见了办案人员抓捕祝学敏的过程。在不大的县城里，关于这个花心所长的丑行几乎在一天里便传得沸沸扬扬。金丽娅这回算是"沾光露脸"了，走在街上，许多人对她指指点点，让她无地自容。此时此刻，她想起杨新军先前的提醒，终于相信他说的一切都是真的。她仿佛从一个虚幻的梦境里惊醒,无法承受这突然的变故;她觉得自己没有脸在学校甚至在家乡待下去了,更无颜面对杨新军,所以,她选择了远离。

杨新军从岳父母处打听到妻子远赴他乡的真实心境,感到一阵揪心的疼痛。他知道,尽管妻子给他带来屈辱,但自己从心底里仍然深爱着妻子。他进而反思,妻子因为幼稚和轻信陷入泥潭,他这个做丈夫的也有不可推卸的责任。当初,他要是多关心妻子,她也不至于百无聊赖,网恋出轨;而当他发现妻子走上迷途之后,更不该对她施以拳脚,并去敲诈祝学敏,他这么做无疑是把妻子朝对方的怀里推啊!

想到这些,杨新军心潮翻涌,他立即飞赴广州,终于找到了日思夜想的妻子。

见到风尘仆仆的杨新军,金丽娅惊呆了,泪水禁不住夺眶而出,这是爱恨交织的悔悟之泪啊!

杨新军的眼睛也湿润了,他上前搂住妻子,千言万语汇成一句话:"丽娅,跟我回去吧,我们从头开始……"

爱心与阴谋

只因生了个女孩,二十岁的杨晓玲被丈夫无情地抛弃。

为了生活,她只身从成都来到南京。

十年拼搏,她由保姆变成百万富姐。富裕没有改变她的善良,她倾其所有建起了老年公寓,让孤寡老人安度晚年,一时间成为当地的"爱心大姐"。

就在她的人生进入巅峰之际,一名以爱心为幌子的男子闯进了她的生活……

杨晓玲是个川妹子。因家境贫寒,天资聪慧的她初中毕业后便辍学回乡。十九岁那年,杨晓玲认识了一位家住成都郊区的小伙子。第二年春天,两个人成了家。年底,杨晓玲生了个女孩。

让杨晓玲想不到的是,女儿的到来却是她幸福生活的结束。平时对自己关怀备至的丈夫,竟是个特别重男轻女的人。看到妻子生了个女儿,狠心的丈夫没有给妻女留下任何交代就离家出走了。

丈夫一去杳无音信,杨晓玲带着牙牙学语的女儿四处寻找。过了两年,才找到丈夫的下落。但是,丈夫已经和另一个女人住在了一起。

女儿七岁那年,杨晓玲和丈夫办了离婚手续。然后,她将女儿寄养在哥哥家,只身来南京投奔一位亲戚。但是,到了南京后,杨晓玲没有找到亲戚。在这个陌生的城市里，她紧抱着装着几件换洗衣服的行李包，蜷缩在候车室的一个角落里度过了一夜。直到一个星期后，她才在一家小饭店找了份刷锅洗碗的活儿。可是好景不长，小饭店的老板不知什么原因跑了，欠她的几个月工资也就打了水漂。

离开了饭店，杨晓玲经人介绍，先后在三户人家做侍候老人的保姆。在一年多的保姆生涯中，她接触了不少老人，有的老人没有子女，有的子女都在工作，根本没有时间照顾老人。看到这些老人的晚年生活寂寞而凄凉，杨晓玲心里很难过，但又苦于自己没有能力去帮助他们。那段时间，她一直在想，如果有一天自己有了钱，她一定要开办一个老年公寓，让这些老人能在那里安度晚年。

后来，杨晓玲在给南京脑科医院一位姓王的老医生家做保姆时，将自己的想法告诉了这个王奶奶。王奶奶被她的想法感动了，非常支持她。但杨晓玲深知，如果想实现自己的愿望，靠做保姆攒钱是不现实的，然而身无长物的她又能做什么呢？杨晓玲的担忧被王奶奶看了出来，老人当天就拿了一千元钱给她，让她去做自己想做的事。接过王奶奶手里的钱，杨晓玲当场哭了，这是她来南京后第一次流泪。

这是20世纪80年代末的一个初春，杨晓玲的人生道路走到了一个转折点。拿着王奶奶给她的一千元钱，她在河海大学附近的农贸市场里承包了一个卖鱼的摊位。经过六年的拼搏，她成了这个农贸市场颇受欢迎的经营户，手头也攒下了二十来万元。但是，由于双手长期浸泡在水里，她的十个指头都开始腐烂了。如果没有了双手，以后还能干什么？于是她选择了转行。

这一年，杨晓玲离开农贸市场，在草场门附近开了家餐馆。由于她吃苦耐劳、经营得当，仅仅三年时间，她就赚了三十多万。后来由于拆迁，餐馆被迫关门。头脑灵活的杨晓玲随即又卖起了保险。经过十多年的打拼，杨晓玲终于从一名身无分文的小保姆变成了百万富姐。她在南京买了商品房，户口迁到了南京，女儿也被她接到身边来上学。

这些年来，杨晓玲始终怀揣一颗感恩的心：自己之所以能有今天，是从王奶奶资助的一千元钱开始的。现在有了钱，深藏在她心底的那个愿望又浮了起来，她要实现自己当年在王奶奶面前许下的心愿——开办一所让老人们安度晚年的老年公寓！

二〇〇三年春节过后，杨晓玲辞去了保险公司的工作，开始筹划开办老年公寓的准备工作。她先后跑了几个月，却没有找到合适的地点。就在杨晓玲一筹莫展的时候，许多知道内情的人被她的这份爱心感动，纷纷为她出谋划策。最后，她在省老年科技协会几位老同志的帮助下，在南京东郊汤山一家培训中心找到了房子。

随后，杨晓玲以每年十二万元的价格租下了这个占地约二千平方米的院落，租期十年。接着，她几乎倾其所有，投资八十万元，对房间进行了装修改造，并添置了有关设施。

第二年九月，她终于完成了自己的夙愿——拥有一百多个床位的老年公寓开业了！不到半年时间，老年公寓就陆续住进了来自南京市区及周边城市的三十多位老人，而且，公寓内的多余床位也相继接待了来自上海等地的多个老年旅游团队。杨晓玲本人则成了当地有名的"爱心大姐"。

随着老年公寓入住率的上升，加之接待老年旅游团队等经营活动的不断增多，仅有的床位和空间渐渐显得拥挤了，而且有些房间的设施也显得简陋。更让杨晓玲感到不安的是，她这个仅有初中文化的"老总"在管理这个公寓时已感力不从心。如果要让更多的老年人受益，那就必须让老年公寓壮大起来，为了这个爱心事业，她决定寻找一位懂得管理的人才。

就在杨晓玲想寻找一名有能力助手的时候，一个三十五六岁的男子出现在她面前。

这年五月的一天，在老年科协贾老的引荐下，一个名叫金明山的男子来到了老年公寓。原来，金明山跟贾老并不熟悉，在一次会议上，他无意中听贾老说起杨晓玲。贾老夸这个从四川来的单身女子能够投资近百万在南京办起一所老年公寓，实在是了不起，只是目前资金有些不足，一个人管理起来很不容易，急需找个帮手。说者无意，听者有心。会议结束后，金明山便多次找到贾老，说自己擅长经营管理，而且手里有充足的资金，可以助杨晓玲一臂之力。贾老是个热心人，听金明山这么一说，心想是件好事情，便爽快地把他领到了杨晓玲面前。

因为贾老为老年公寓选址和开办出过力，杨晓玲对他很尊重，也很感激。金明山既然是贾老领过来的，所以杨晓玲热情地接待了他。

这个金明山长得方头大脸，气度不凡，他一见面就给杨晓玲递上名片，自称是某中央媒体华东分社的聘用记者，笔名"金泽生"，经常在报纸上发表文章，还曾在数家企业担任高级管理人员。他先是把杨晓玲大大地恭维了一番，说自己最喜欢跟有本事的人合作共事，而杨晓玲正是这样一个不同寻常的女人。接着，他在老年公寓里煞有介事地转了几圈，就老年公寓目前存在的问题及发展方向提出了几条建议，可谓头头是道，切中要点。经过几天的接触，杨晓玲觉得金明山头脑活络，能说会道，的确是个人才，于是决定让他以老年公寓办公室主任的身份走马上任。

金明山的妻子在苏北一家企业职工学校当教师，与他两地分居。他上任后，杨晓玲在公寓里给他安排了住处，让他免费吃住。金明山当即拍着胸脯表态："我要把老年公寓当成自己的家，当作后半生的事业，全身心投入！"金明山有辆半新的普桑轿车，他对杨晓玲说:"我这辆车闲着也是闲着,你就当它是老年公寓的公车,有什么事招呼一声,我当你的司机。"平时,金明山不喊杨晓玲"杨总",而是一口一个"杨姐",叫得杨晓玲心里暖洋洋的。有一天,杨晓玲带着几个员工到周边几个镇搞宣传,回来很晚,她显得很疲惫。金明山连忙关切地说:"杨姐,看把你累得,以后这些事你就不要管了,你在家坐镇指挥,有什么事,我帮你跑腿。"这番表白,让杨晓玲对他又添几分好感。

一晃,金明山上任一个多月了。这些天里,他中规中矩,待人和善,对杨晓玲是早请示晚汇报,显得格外尊重。这让心地善良的杨晓玲反而有些过意不去:人家毕竟是个记者,见过大世面,能在咱这老年公寓当办公室主任,真有点大材小用了。这样一想,杨晓玲对金明山更加信任了。

这天,金明山向杨晓玲汇报完工作,继而关心地说:"杨姐,最近天气炎热,你不能这样太累了。以后单位的事情,你让我多为你分担些吧。"杨晓玲寡居多年,很少有男人这样关心自己,听了这样的话,她很感激:"我文化不高,也就这点能耐了,累一点苦一点没关系。不过这里的事业要想发展,真的需要像你这样年富力强的男子汉。"金明山见时机已到,连忙说:"我早就听贾老说过,你很想把这份爱心事业做大,但一方面资金不足,另一方面担心管理跟不上……我手里正好有几十万元资金,经营管理又是我的强项,咱们不妨合作一把,共同做大这块'蛋糕'。"杨晓玲觉得他说得在理,点头表示认可。

几天后,金明山拿出一份协议书,送到杨晓玲面前:"杨姐,我拟了份合作协议,你要觉得合适的话,我就把资金打过来了。"杨晓玲一看,这份草拟的协议书上写道:甲(杨晓玲)乙(金明山)双方共同经营老年公寓,营业执照变更为甲乙双方共同合伙企业,由金明山出任法人代表,杨晓玲任总经理;日常事务由双方协商，共同管理；双方应不徇私情，不隐瞒自己观点，始终把公寓利益放在第一位……甲方现有资产占投资比例百分之五十一，乙方投入资金三十万元，另有一辆轿车投入公寓使用，占投资比例百分之四十九；每年提取纯利润的百分之三十进行分红，双方平均分配……

看着看着，杨晓玲的眉头皱了起来，说："这样不妥吧，你怎么能当法人代表呢？还有这投资比例，我的投入将近一百万，怎么只占百分之五十一，你投入三十万，却要占百分之四十九？"金明山连忙解释道："杨姐，你别多心，既然是合伙企业，谁当法人代表都没关系喽。我主要考虑自己是男同志，又是记者，外面的路子宽，对外打交道方便些，所以想多分担点工作。投资比例嘛，你占百分之五十一，还是由你控股嘛。你放心，公寓里的事，还是你说了算，我绝对听你的。"杨晓玲想了想，说："我再考虑考虑，等等再说吧。"

过了两天，金明山见杨晓玲没有动静，便催促道："杨姐，再有三个月就到国庆黄金周了，到时候来汤山旅游、疗养的老人肯定多，我们公寓的投资改造得抓紧啊！"接着，他又把那份协议书掏了出来，说："时间不等人，我着急啊！杨姐你看这样行不行，咱们先把协议签了，我立即把三十万打进来，着手公寓改造。协议反正是我们两个人定的，有什么不妥，我们以后还可以协商修改嘛。"

金明山恳切焦急的神情打动了杨晓玲。这些天，她一直想对公寓进行投资改造，目前最需要的就是资金投入。至于什么"法人代表""投资比例"等等，她并没有考虑得太多。再说她办老年公寓做的是爱心事业，从一开始就没有单纯地追求经济利益，所以分红多一点少一点，她也不想计较太多。既然身强力壮的金明山想多做些工作，多担些责任，这不正是自己当初选人用人的目的吗？

杨晓玲这么一想,也就不再犹豫,当时就在金明山拟好的协议书上签了字。

签过协议书后,金明山的投资款却迟迟不到位。在杨晓玲的再三催促下,直到这一年的八月初,他的三十万投资款才打到老年公寓的账上。这些钱立即被用于装修老年公寓的十个标准间,并在大门口建了个门厅。

与此同时,金明山对杨晓玲的态度明显发生了变化,叫她时不再是一口一个"杨姐",而是直呼其名。这天,他以合伙人的身份向杨晓玲提出:"我们协议也签了,今后我做法人代表,你当总经理,我主外,你主内。你的主要责任就是管理公寓的内部事务。"然而几天后,他却在没有征得杨晓玲同意的情况下,从苏北老家叫来两个外甥女和一个内弟,擅自安排到公寓上班。杨晓玲见此情况,立即予以制止。金明山当时就翻了脸:"我三十万都投进来了,带几个人进来不行吗?我现在是法人代表,我说了算!想叫谁来谁就来,想撵谁滚,谁就得给我滚蛋!"杨晓玲没有示弱:"法人代表现在还是我的名字,你这样做太霸道了吧!"

这次争执之后,杨晓玲对金明山的看法开始改变,她觉得金明山的脾气不好,很霸道。对两个人的合作前景,她有些隐隐的担心,甚至后悔跟他签了那份协议。于是,她把协议书带到省老年科协,请贾老等人看了看。大家一致认为,按照这份协议,她经济上太吃亏了;这个金明山居心不良,对他得要有所提防!

然而,局势的发展已经由不得杨晓玲了。九月底,老年公寓的装修工程刚一结束,金明山就把妻子接了过来,叫她管理公寓的账目。杨晓玲开始没有同意,她说公寓的账目不是太多,一直都是请会计公司的会计代管的,没有必要设专门会计。但金明山软硬兼施,他一会儿要杨晓玲照顾他们夫妻两地分居,一会儿又以撤资相要挟。杨晓玲只好又一次做出让步。

　　转眼到了十二月初，金明山对杨晓玲说："我们协议签了都半年了，我的三十万元钱也都让你花完了，你怎么还不把法人代表换成我的名字？"杨晓玲说："咱们是合伙人，凡事商量着办，法人代表换不换就那么重要吗？"金明山的脸板了下来："怎么，你想反悔？协议都定了，你想反悔也不成了！"接着，他把桌子一拍，"这件事你想办也得办，不想办也得办！"杨晓玲不想跟他争执，连忙离开办公室。

　　第二天一早，金明山换了副面孔，向杨晓玲道歉："我昨天脾气不好，你是大姐，别跟我计较。"接着，他信誓旦旦地说："我做这法人代表也是为公寓着想，为了施展才能大干一场。你放心，这个公寓是你创办的，你永远是这里的当家人。"杨晓玲明知金明山的霸道习性不是说改就能改的，但想来想去，觉得应该以大局为重，不能因为争这个法人代表影响工作和团结。至此，她仍然善意地认为，只要金明山有这个能力把老年公寓办好，自己即使吃点亏，即使做他的副手也未尝不可。过了几天，杨晓玲和金明山一起来到有关部门，将老年公寓的法人代表变更为金明山。

　　子系中山狼，得志便猖狂！自打金明山成了名正言顺的法人代表，他立即撕去伪装，仿佛一夜间变了个人，开始频频向杨晓玲发难。

　　二〇〇五年初的一天，金明山突然无中生有地指责，杨晓玲有"贪污行为"。杨晓玲莫名其妙："公寓的账目和现金都是你老婆管的，我怎么贪污？"金明山不由分说，摸起桌上的烟灰缸，朝她狠砸过去："你利用买菜（采购）的机会贪污，还想狡辩！"杨晓玲平白无故受此污蔑，气得浑身发抖。

　　不久，金明山对杨晓玲的人格污辱更是到了肆无忌惮的地步。春节后的一天，他突然不怀好意地问杨晓玲："你怎么会有这么多钱投资老年公寓？"没等杨晓玲回答，他一阵坏笑："我猜你这些钱来路不正，恐怕是卖淫得来的吧！"杨晓玲气得泪流满面："金明山，你太坏了，你欺负一个女人算什么本事？"金明山说："我就是要气死你！"后来，金明山还多次当着员工们的面，大骂杨晓玲"婊子"。

除了在精神上折磨杨晓玲，金明山只要稍不如意，就对她施以拳脚。到了这个时候，金明山的"狼子野心"已暴露无遗：他就是要想方设法把杨晓玲逼走，由他独吞老年公寓的百万资产！

四五月份，是接待老年旅游、疗养团队的黄金季节，金明山却别有用心地不准杨晓玲参与公寓的经营管理工作。后来，他又提出了一个无理的要求，要和杨晓玲解除合作协议，条件是要杨晓玲拿走十万元钱，立即离开老年公寓。面对金明山这个无耻要求，面对自己用十多年拼搏换来的这个老年公寓，一向懦弱的杨晓玲坚决予以拒绝！金明山见杨晓玲不予配合，一时恼羞成怒，竟在几天之中将公寓里的老人全部赶了出去，往日兴旺的老年公寓一下子变得破败不堪。最后，金明山威胁杨晓玲，如果再不离开老年公寓，他就采取更加严厉的措施。

杨晓玲没有被金明山吓倒，她决定到周边几个镇跑一跑，把被金明山赶走的老人再请回来。

七月初的一天，杨晓玲等人经过江宁区上峰镇时，公寓的客车发生故障，就近到一家汽修厂修车，费用是六百元。因为杨晓玲身上没有现金，她便打电话给金明山的妻子，要她送钱来结账。不一会儿，金明山开车赶到，见到杨晓玲后，他便破口大骂："你这个臭婊子，成天浪荡个啥？我叫你趁早滚蛋，你为什么还赖在这祸害人，今天我非整死你不可！"他一边骂，一边扯住杨晓玲的头发大打出手。杨晓玲强忍剧痛，掏出手机拨打"110"报警。金明山一把抢过她的手机，摔得粉碎，接着把杨晓玲按倒在地，又是一阵猛踢，然后扬长而去。民警赶到后，将满脸血迹的杨晓玲送到派出所，又将金明山带到派出所讯问。金明山声称自己是老年公寓的法人代表，是因为杨晓玲挑起事端动手在先才发生争执。因杨晓玲身上的伤势当时还没有鉴定，民警将金明山批评教育一番后，就把他放了。

这一次被打后，杨晓玲决定聘请律师，运用法律手段维护自己财产和权利。律师随即对金明山展开调查。让杨晓玲大吃一惊的是，经律师了解，金明山根本就不是记者，他在二〇〇三年因虚开增值税发票被逮捕，后被处以罚款三万元，并判缓刑一年。也就是说，他目前还是个处在缓刑期的犯人！得知这个情况后，杨晓玲深深地为自己盲目轻信和用人失察而懊悔。

杨晓玲不甘屈服的态度显然激怒了金明山。七月下旬的一个晚上，他把刚刚吃过饭的杨晓玲拦在公寓院内，劈头盖脸就是一通责骂和殴打，扬言杨晓玲再不离开公寓，只有死路一条！杨晓玲一边呼救，一边朝院外跑。金明山操起一把铁锹，狠狠地朝杨晓玲的头顶砸了下去，杨晓玲顿时变成了血人。危急关头，民警及时赶到了现场，将杨晓玲送进了医院。经法医鉴定，杨晓玲的头顶被金明山用铁锹砍了条长约十厘米的头皮裂伤，已构成轻伤。

九月九日，金明山被刑事拘留。当年底，法院做出判决：金明山在缓刑考验期内，不思悔改，故意伤害他人身体，致人轻伤，其行为构成故意伤害罪，判处有期徒刑一年六个月，撤销前罪缓刑，与前罪有期徒刑并罚，决定执行有期徒刑两年。

金明山被绳之以法后，杨晓玲回到了她花费百万巨资创建的老年公寓，一些老人也跟着回到了这里，这一切对于她来说是一种安慰。但是，当她看到老年公寓上营业执照的法人代表仍为金明山的时候，她的心里又升起了一种无奈和不安。她没有想到，当初金明山投奔公寓的目的竟是这样恶毒，同时她也为自己的轻信和懦弱感到后悔。

  冬去春来，杨晓玲仍然心事重重。金明山虽然入狱，但营业执照上还是他的名字，从法律的角度来说，她没有办法单方面解决问题，金明山的家人还常到这里来纠缠闹事。

  值得欣慰的是，当初在变更法人手续的时候，杨晓玲没有变更老年公寓在民政局登记的一些手续。她已经向法院提起民事诉讼，力争用法律手段讨回自己的权益。

心　魔

兄弟六个，李同康排行老五。

李家的祖辈都是土里刨食的庄户人，从没有离开过木浦镇南沟村这块疙瘩地。他们弟兄之间，自小情同手足；各自成家后，也都和睦相处，相互关照，从未发生过吵架红脸的事。

同康的四哥叫同林，比他大三岁，为人憨厚老实。同林二十岁那年找了个媳妇，是本镇川旺村的张令枝，两个人婚后生了一儿一女。

这年，同康和同林联手盖了六间大瓦房，中间隔起一道围墙，东院是同林家，西院归同康。筑好了巢便好引凤，第二年，同康与东沟村姑娘杨金菊在西院成了家。年底，他家生了个闺女。

又一年，同康家添了个儿子，取名金波。有了这一双儿女，老五夫妇心满意足。小两口辛勤劳作，悉心抚养两个孩子，希冀在不久的将来过上幸福美满的小康生活。

李家所在的木浦镇，紧靠国道，是苏北地区有名的粮食集散地。李同康学过汽车驾驶，婚后第二年，他拿出自己攒下的一万多元钱，加上跟亲朋好友借来的两万，买了一辆二手货车，专跑粮食运输。但是，这辆二手车买砸了，车况极差，总是出毛病。两年下来，他只好把车子处理掉，一算账，还亏了三万多。无奈之下，他到镇上一家运输公司打工，挣的钱基本上用于还债。

李同康整天外出跑运输，田里的活和家务事都落在老婆杨金菊身上。杨金菊是个纯朴善良、心不设防的女人，与妯娌家姑相处得都很融洽。对一墙之隔的四嫂张令枝，她更是当作亲姊妹看待。

张令枝却是个不易相处的女人。她念过中学，相貌和身材都较为出众，嫁给只有小学文化的李同林，很有些委屈。平日里，她对老实巴交的丈夫总是颐指气使，老四稍有不到之处，她就跟他大吵大闹，直到把他压得不敢吭声。对李家兄弟和妯娌，她也似乎不屑为伍。

除了自视清高，张令枝还特别争强好胜。对此，老五夫妇颇有感受。一九九〇年，老五家买了台黑白电视机，这在当时的农村可是个稀罕东西。一到晚上，周围的村民都爱聚到他家院子里看电视。张令枝只来看过一次，站了几分钟就走了，而老四和两三岁的女儿却特爱凑热闹。有天晚上，老四带着孩子正在他家里看电视，张令枝气呼呼地冲了进来，众目睽睽之下，指着丈夫便骂："李老四，你害不害臊？你成天惦记着这个电视，你不看就要死呀！"老四的脸涨得通红，赶紧抱着孩子匆匆离开。张令枝回到自家的院子，一边哄着哭闹的女儿，一边仍不依不饶地责骂男人："你一个大男人太不要脸了，你要是要脸的话，明天你就去买台电视机回来。"过了几天，张令枝果真从县城买回一台电视机。据说家里的钱不够，她还专门回娘家借了几百元钱。

张令枝在一些小事上也喜欢跟老五家较劲。比如老五家给孩子添件衣服，过不了几天，她也非得给自家的孩子买上一件；老五家今天烧了几条鱼，盛两条端了过去，过两天，她家肯定也要烧鱼吃，也要盛上两条端过来。

老五夫妇觉得张令枝有时心眼用得太过，但她毕竟是自家的嫂子，他们从未跟她计较。

一九九四年二月底的一天上午，李同康开车经过国道桃李村大桥，他看到桥边电焊修理铺门口停放的一辆自行车很像是自己家的，于是停下车，到跟前仔细辨认。

　　果真是自家的自行车。同康有些疑惑，这车子怎么跑到二十多里外的桃李村来了？经询问，修理铺一位师傅告诉他，车子是一位妇女昨天下午停在这里的，那女的约莫三十岁左右，高挑个儿，停车落锁时还让他们帮忙照看一下。听这一说，同康已估猜出车子是四嫂张令枝骑来的。因为老四家只有一辆自行车，整天被老四骑着，张令枝便经常借用他家的车子。

　　当天下午，李同康又经过桃李村，远远地，他正巧看见张令枝从县城方向开过来的一辆中巴车上走下来，然后将自行车骑走了。晚上回到家，同康问老婆："张令枝借你车子干什么去呢？"老婆说："她昨天说要上她二姐家瞅瞅，今天下午已经把自行车还回来了。"同康想了想，说："不对呀，她二姐家不在桃李村那个方向呀。"接着，他把白天看到的情形告诉了老婆。老婆说："那她肯定有鬼，没跟我说实话。没上她二姐家，那她这一天一夜去了哪里？"

　　老五夫妇这么一琢磨，不由得好奇起来。他们早就听到过传言，说张令枝在娘家时跟一个有妇之夫相好，两个人闹出不小的风波，只因为那男的最后没有离婚并举家迁居靠近县城的温泉镇，张令枝万般无奈，才含泪出嫁。至于张令枝结婚后有没有再跟那男的来往，老五夫妇不得而知。

　　第二天上午，妯娌俩碰到了一起。心直口快的杨金菊问道："他四婶，你前天不是说上你二姐家去的吗，怎么把自行车停在桃李村？"

　　张令枝被揭穿了秘密，脸一下子红了。

　　杨金菊愈加奇怪，又刨根问底："我家老五看见你从中巴车上下来的。你到底去哪了？"

在杨金菊再三追问下，张令枝承认自己到温泉镇泡澡去了。

老五夫妇愈加肯定了这样的猜测：张令枝到温泉镇找旧相好约会去了。

两天后，老五将此事告诉了来家里串门的大姐。

大姐对张令枝一直就看不顺眼，她按捺不住，把四弟叫到家里，要他抓住张令枝的短处，好好"修理"她一顿。

老四对媳妇一向逆来顺受，这天回到家，一反常态地硬朗起来，对张令枝严加审问。张令枝从没见过丈夫这等阵势，很快就招认，那天的确是跟旧情人约会的。老四火冒三丈，第一次出手扇了老婆几个耳光，随后又赶到温泉镇，找到张令枝的老相好，责令他立即与张令枝断绝关系，否则发生一切后果都由他负责。那男的连忙辩解，是张令枝主动找他的。他答应老四，从今往后保证不与张令枝来往。

据说张令枝后来又到温泉镇去了一趟，跟那相好的提出，自己想离婚与他结婚。那男的吓得直摆手，请求张令枝不要再来找他，打扰他原已平静的生活。张令枝从温泉镇回来后，倒头睡了三天三夜。她不吃不喝，任何人劝说也无济于事。

没有人知道，这三天三夜她心里到底想的啥。

两个多月后，张令枝实施了她的第一次谋杀。那天是一九九四年五月二十二日，下午四点多钟。李同康开车外出，杨金菊下地干活未归，他们三岁的儿子金波从自家的院子耍到隔壁的院子。

三岁的孩子是那样天真无邪，张令枝眼里喷出的却是仇恨的火焰。她恨这个孩子的父母，是他们发现了她的私情，搅了她的好事。她要拿这个孩子下手，让他们断子绝孙，让他们尝尝剜了心头肉是什么滋味。她显然早有准备，一直在等待这个时机的到来。她把在院中玩耍的小金波叫到屋里。可怜的孩子望着她的狰狞面目，惊恐得刚叫了声"妈妈",就被她的魔爪生生掐死。然后,她把孩子的尸体装进一个化肥袋,天黑后,又将尸体抛入村后一条水渠的涵洞里。

李同康夫妇回家后,发现三岁的儿子不见了,自然到处寻找。后来,所有的亲友,所有的村民都加入到了寻找的队伍。晚上九点多钟,天上下起了雨,寻找还在进行,但希望却在一点点地熄灭。

张令枝装模作样,和其他妯娌一起,一直陪着杨金菊寻找,陪着她伤心落泪。

第二天,李家报了案。由于下雨的缘故,公安部门出动了警犬也没有找到任何蛛丝马迹。在接下来的一个多月里,李同康夫妇找遍了周边所有的村镇,还在市、县电视台播出了寻人启事,仍然是生不见人,死不见尸。

七月十日,一位村民在村后河渠里捉龙虾,从涵洞里摸出那个装着死尸的化肥袋。接到报案后,公安人员立即赶到现场,经勘察辨认,死者就是一个多月前失踪的小金波。但是,由于尸体已高度腐烂,现场受损严重,没有任何有价值的线索,此案久侦未破。

没有人想到,"狼"就潜伏在身旁!

没有人想到,凶手就是小金波的亲婶娘!

老五夫妇在悲恸和疑惑中度过了一天又一天。他们始终想不明白,自己向来与人为善,从未跟人结怨,到底是谁怀此深仇大恨,残害他们无辜的幼子?

张令枝伪装得与其他亲友一样,不时到这个失去爱子的弟兄家安抚,有时还陪着掉上几滴眼泪。其实,这时她的内心十分恐惧,有时也很后悔,小金波那漆黑的眸子常常在深夜闯入她的梦乡。后来她信了基督教,希望借此摆脱内心的阴影。

随着时间的推移,老五夫妇没有就此消沉,他们把痛苦深埋在心底，继续辛勤劳动，几年下来，他们将借款买车所欠的债务全部还清，还攒下了两三万元。一九九八年九月底，他们梦寐以求的又一个男孩降生了。他们将各自的姓合到一起，给孩子取名李杨，经历过刻骨铭心丧子之痛的夫妻二人，对这个"失而复得"的儿子，自然视若掌上明珠，倍加珍爱。

再说隔壁的老四家，这几年却一直不顺，六个弟兄就数他家最穷。老四起先做粮食生意，由于经验不足，屡次上当，几年里贴了忙活不说，还欠了三四万元债。后来，看到别人出国打工挣了大钱，他家便托人找关系，前后花了四万多元，老四两次出国，一次到老挝，一次到阿尔及利亚，结果都让人给骗了。这几番折腾，老四家欠债高达六七万元，逢年过节，家里经常是债主盈门。

对老四家的困境，弟兄们一直尽力相助，但各家毕竟能力有限，也只能救急不救穷，解决不了根本问题。同康近两年手里稍许宽裕些，先后借给他们五六千元。这钱虽说是借，其实同康从一开始就没打算要他们还。过年过节，同康也总要资助他们三五百元。妯娌之间，心地善良的杨金菊与张令枝依然来往密切，对张令枝的恶劣脾气和怪异性格杨金菊也从不计较。下田干活，上街赶集，妯娌俩经常是结伴而行。

二〇〇二年春天，李同康与本村另五位村民一道，通过连云港某劳务公司办理了赴韩国打工的手续。这次出国，他家倾其所有，预交了三万保证金。预计在韩国渔轮上干两年船工，可净挣五万元钱。临行前，同康特意把老婆孩子带到县城，照了张全家福。他再三叮嘱老婆，一定要把年幼的儿子照看好。

第二年春节，韩国老板破例放了二十天假，让船工们回国探亲。李同康与家人团聚，欢欢喜喜过了一个春节，二月十五日如期返回韩国。离家后，同康心里一直忐忑不安，总觉得家里有什么事让他放不下。他在韩国从事的是近海捕捞，隔两天船就要靠岸，他几乎每次上岸后都要刷卡打电话回家。这天，夫妻俩在电话里无意中谈起四哥家的事情。杨金菊告诉他，四哥不久前随建筑队上了北京，十八岁的侄女也到苏州打工去了，只剩下张令枝带着儿子在家；张令枝近来不知犯了什么病，常说自己浑身不舒服，田里的活不干，家里的饭不做，一睡就是一整天。杨金菊说她怕四哥不在家，张令枝真有个三长两短，所以最近对这个四嫂子特别关心，就连信教的张令枝到邻村小教堂聚会做礼拜，她也陪着去。同康听到这里，没好气地说："你以后少跟张令枝扯到一起，这个女人心计多，你要不过她。她能有什么大病？我看是欠揍！"

坏就坏在杨金菊心眼太直了，第二天，她就将夫妻俩的通话内容告诉了张令枝，还半真半假地跟她开玩笑说："我家那口子说你是没病装病，欠揍！"

杨金菊一句玩笑话仿佛道破天机，让张令枝心惊肉跳。她觉得，老五对她那段不光彩的历史一直耿耿于怀，至今瞧不起她。她恨啊！日子过得不如人，还要被人家瞧不起，她实在咽不下这口气！嫉妒和仇恨像两条毒蛇，在张令枝的脑海里盘桓着……

三月二十七日傍晚，杨金菊一如往常，约张令枝明早到镇上赶集。她们打算从集上买些树苗回来，栽到自家的田埂上。可到了第二天早晨，杨金菊去喊她动身，张令枝躺在床上有气无力地说，她今天不舒服，不想去赶集。她让杨金菊帮她家买四十棵杨树苗，再帮忙栽下去。乐于助人的杨金菊没有拒绝，上午跑了十几里路买回树苗，下午又到村后义务为张令枝栽树。

下午四点多钟，五岁的杨杨从村幼儿园放学，到家见妈妈不在，就到四娘家要水喝。此时，张令枝刚刚从一个噩梦中醒来，她一睁眼，看到杨杨站在床前。恍惚中，她觉得杨杨就是九年前的小金波。于是，邪恶的念头在那一瞬间再度膨胀。她从床上蹿了起来，双手死死地掐住杨杨的脖子……

掐死杨杨后,张令枝轻车熟路地找了个化肥袋,将杨杨装了进去。见四下无人,她又把死尸移至隔壁边屋的一只空瓦缸里。然后,她回到床上装睡。

傍晚六点左右,杨金菊回到家。儿子的书包扔在门旁,但人不见了。杨金菊开始发疯似的寻找,她联想起九年前的惨祸,陷入了极度焦灼和恐惧之中。

亲友们闻讯赶来,全村所有的人都在帮她寻找。两个小时后,在自家堆满杂物的边屋里,杨金菊觉出那口酱色大瓦缸的异常。她扑过去,拽掉盖在缸上的几个空化肥袋,再朝里一抓,摸到了软软的头发一样的东西,她像针刺一样惊叫起来……

装在袋子里的杨杨被发现了,所有的人都被眼前这个事实惊得万箭穿心:杨杨耷拉着头,脸色苍白,仿佛睡着了一般,嘴唇上有一抹褐色的凝固的血迹。

杨金菊惨叫一声,昏死过去。

公安机关接到报案后,将九年前的悬案迅速并案侦查,从作案条件和作案动机等因素着手分析,疑点很快就集中到了张令枝身上。此时,张令枝正和几个妯娌一起,哭得极其伤心。刑警找她谈话,她极不情愿地上了车,还始终低头抽泣。然而,她偶尔抬头时游离不定的目光,让经验丰富的办案人员看出了异样。经过四个多小时的对峙和较量,张令枝终于败下阵,交代了先后两次杀人的犯罪事实。

张令枝在交代其犯罪动机时,只承认自己是因为嫉妒才杀人。她说她心高气傲,容不得别人比她家强,特别是兄弟妯娌。她常常在梦里想着发了大财,醒来后,现实让她更加黯然神伤。这些年,她家一直不顺,而隔壁老五家却得天独厚,做什么都赚钱;妯娌杨金菊,长得不如她,文化没她高,却过得比她滋润。种种不甘、绝望在她内心隐藏着、积累着,她的心渐渐变得极端坚硬和冷酷。

杀害小金波，张令枝想让老五家从此"败"下去，没想到九年过去了，老五家不但没败，还兴旺起来，儿子又来了一个。相反自己家欠债越来越多。她越想越气恼，越想越愤恨。

有很多次，张令枝独自面对杨杨，孩子那清澈的大眼睛似乎能照见她罪恶丑陋的灵魂。她常常恍惚地以为，这个孩子一定是延续了小金波的生命。为此她感到深深的恐惧和焦虑。

春节前，李同康从韩国回来，带回了三万多元钱，一家人欢天喜地，而自己家被债主围住了门，没有一时的安宁。这一对比，让张令枝感到前所未有的绝望。

她的脑子里天翻地覆，再次下手的恶念像道魔咒似的紧紧缠绕着她……

寻访记忆

我第一次也是最后一次见到爷爷是在十七岁那年夏天。我由父亲引领着,走到一座深宅大院门口。一个身着黑棉袄的老人坐在院中,怀抱一只畚箕,正在专心致志地剥花生。父亲指着老人说那是你爷爷。

我以十七岁少女的腼腆和娇柔叫了他一声爷爷。回答我的却是一副漠然的目光。他说你来啦,完了仍埋头专注地剥他的花生。

那一刻我心冷如冰,我的眼泪滚滚而下。我恨他,恨这个穿着黑棉袄像个妖怪似的老头,他一手撕碎了我孕育了十七年的遥远的故乡梦。我要马上离去!眼前这座深宅大院顷刻间让我窒息得痛苦不堪。

父亲好像早就预料到这一切,走上来轻轻拭去我面颊上的泪珠,说你不必理他,又说咱们到你奶奶那里去。他说得轻轻松松。

我记得他跟我讲过,他至少也有十年没有跨进这座院子了。

跨进家门时的冷遇一直让我耿耿于怀。在回到故宅的短短几天里,我面带冷笑审视爷爷并不光彩的历史,我发现其中十年他在全家的记忆里近乎空白。那是家乡掀起翻天覆地的土改运动至三年困难时期的头一年,我爷爷远走高飞,在两千公里之外的东北某小镇上隐姓埋名,做了十年的账房先生。

我奶奶说，那十年就当他个老龟子死了。

其实也不尽然。这十年中，他给我奶奶先后邮来两封信，二十七元七角钱和三十斤吉林省通用粮票。其中三十斤吉林省粮票至今保存完好。我奶奶曾经拿着它到粮店去了一趟，结果遭人一顿耻笑。三十斤吉林省粮票在相当长一段时期成了我奶奶的一个包袱，气起来她想一把撕了，似乎舍不得；给那老龟子寄回去，又苦于没有他的确切地址。我爷爷的两个信封上一个落款"东北张缄"，一个落款"吉林张缄"。

爷爷这无情无义的十年使奶奶心灰意冷。我奶奶回想起自己踏进张家大院后的诸多不幸，恨他恨得咬牙切齿。

莫怪奶奶恨他，据说他从来就没有争气的时候。

我想来想去，这恐怕与他年少时的家庭状况不无瓜葛。

我爷爷年轻的时候纯粹是个少爷公子。我的曾祖父脑瓜灵活，精明过人，早在七十年前就领导"倒爷"新潮流，北上青岛大连，南下上海滩，穿梭往来，沿途经营贩运，从而大发其财，很快成为海州一带赫赫有名的富商之一。爷爷在曾祖父这棵大树下足足乘了半辈子荫凉。他在家排行第四，聪明好学本为其七兄弟之首。曾祖父在他身上花的心血也相当于其他几个孩子的总和。爷爷十七岁那年，曾祖父专程送他进京应考，得中燕京大学国语系。

谁知大学上到第二年，他突然于一个月明星稀之夜回到海州老家。

曾祖父很是诧异，追问再三。我爷爷只一句话：回来娶媳妇。

爷爷十八岁时的表现令人大惑不解。曾祖父扇了他两个耳刮子，他跪在地下一言不发。曾祖父无可奈何，不过三天，就动用八抬大轿，把本地一个百里挑一美艳如花的姑娘给他娶了回来。

这朵鲜花就是我奶奶。她万万没有想到，大婚第二天我爷爷就北上返京，继而让她独守空房四五年。

纵观我爷爷的一生，五年的燕京大学等于白念。

大学毕业后，他回到老家，仍旧坐享荫凉。这时候他的六个兄弟都已成为曾祖父的得力接班人，而他整日游手好闲无所事事，对曾祖父的责骂和兄弟们的白眼置若罔闻。其间短短六年，他创造出我们张家历史上的一大生育奇观。这六年我奶奶接二连三生了六个孩子，我父亲位居老大。

父亲十五岁时，曾祖父去世。

这以后，我爷爷居然心血来潮，收拾起他名下的一份遗产，做起了生意。头一回，他便带着十五岁的大儿子也就是我父亲，以曾祖父从未有过的气魄，直下广州。不料，这一次买卖巨亏，竟赔进去他的半数财产。

第二回，他的步伐迈得更大，从广州取道南洋。结果本钱不但赔得精精光光，屁股后面还追了一串儿债主，幸亏六个亲兄弟解囊相助，他才得以脱了干系。

爷爷这辈子的奋斗史到此结束。

在深宅大院的几天里，我一面搜罗有关爷爷的种种传闻，一面想方设法地接近这个不争气的老头。

然而那件黑不溜秋的老棉袄总让我望而生畏。我甚至怀疑他随时都有可能张开双臂，突然像老鹰一样扑棱几下便腾空飞起。

他是如何接受五年燕京大学的高等教育，如何隐姓埋名藏身东北，又如何明哲保身成了包括我在内的十多个孩子的爷爷？这些疑问让我无法释怀。

那几天，一个老赤狐的传说常常盘旋在我的脑际，我怎么也摆脱不了如下想象：有一天有一个老赤狐装成剃头匠给我爷爷理发，老赤狐柔软如女人的双手抚摸着爷爷的精光头皮，说我再给你掏掏耳朵，爷爷说行啊行啊，掏着掏着老赤狐就把我爷爷的灵魂掏了出来，他自己变成一道青烟乘虚而入……

这么一想我胆战心惊。

那天我无意中叫出一声老赤狐，爷爷果然在十五米之外长长地盯了我一眼。看来他并不耳聋。

爷爷你夏天咋还穿棉袄？

我一反常态，脸上堆起甜腻腻的微笑朝他走过去。

他的目光却转向别处，根本不搭理。

爷爷你夏天咋还穿棉袄？

我坚信他没有耳聋，继续朝他走去。

他却装聋作哑。

爷爷！

我一不做二不休，凑到他跟前大喊一声。

我舒服。他说。

哈哈我舒服。爷爷我的好爷爷，你简直说出了我的心声。那一刻爷爷在我心目中的地位无比高大。他仿佛一个哲人把狗屁不通的问题简化为至理名言。看来爷爷五年的燕京大学没有白念！

那一刻我结冰的心大大融化。原来老赤狐要掏走一个人的灵魂十分容易。

不过这并不妨碍我的观察。那两天我的一个意外收获是在一个卖冰棒的拍打木箱一路高声叫卖在我家院门前驻足之后。爷爷安详地坐在门前，微眯双眼望着五个小孩举着五毛钱买了五根冰棒。其中一个是我叔叔家的小女孩，他的孙女。

小女孩哑着冰棒和童伴们尽情嬉闹。我爷爷听着拍打木箱的声音及一路叫卖声渐渐远去，心中怅然若失。小女孩突然离开童伴，用她那纯真的童眸静静地凝视着爷爷。爷爷浑身一震，似睁未睁的眼睛射出闪电般的光芒，一老一小两个灵魂顷刻间在空中相撞，发出哧溜一声闷响。

爷爷你吃冰棒。小女孩高举着冰棒奔过来。

接下来的情形让人始料未及。爷爷接过五岁小孙女手中的大半根冰棒，居然微微一笑。

那是多么辉煌的一笑！刹那间似乎有一个秘密彻底曝光。望着爷爷有滋有味地吮吸着冰棒，我仿佛走进了他自由自在飘飘欲仙的灵魂世界。我似乎受到了感染，一种说不出的惬意像电流一样传导周身。

爷爷，当我今天再想起你那捉摸不定的微笑，我的嘴角已经不再挂着冷嘲热讽，尽管我仍然搞不清你的微笑是意味深长还是清汤寡水。我搞不清。

记得那天我走出故宅的大门，再回头望上一眼，你仍然坐在当院里剥花生。你抬起头，眼睛里的余光像雷电般一闪即逝。我浑身一阵战栗，不由自主地喊起爷爷，爷爷。父亲慌忙抓起我的手，一把将我拖住，说你喊啥喊啥，你爷爷根本就没在院子里。可是我仍然固执地回过头，恍惚间我看到你的嘴巴张得老大，却只发出细微的一声，走啦。你还笑了笑，真的笑了笑，这个不可理喻的笑容便像烙印一样打在了我的记忆深处。

当然，后来发生的一件事与"笑"大有瓜葛。

这个家族里的所有人都注意到，爷爷的笑脸唯独对一个人开放，那便是我叔叔的小女儿，那个高擎冰棒送给爷爷的可爱的小妹妹。正当全家人为爷爷这种反常欢欣鼓舞的时候，小妹妹出事了。出事的时间是在我那次回故宅后的又一个春天。地点是村前的一条小河。

我一直很怕提起小妹妹出事的经过。当时听家人讲述的时候，我头脑里一片空白，也就记得不甚清楚。小妹妹是溺水而死的。刚落水就被人救上来，却已闭上眼睛，千呼万唤不复归。

一家人哭得死去活来，唯有爷爷静静地坐在院门口一连数日默不作声。家里人个个都在伤心头上，好像已经忘了他的存在。直到那天听到一阵拍打木箱的声音由远及近，大家才忽然觉得有件事要发生。等我奶奶率领众人奔到大院门口，爷爷已经高举一根冰棒站在他们面前。

盛冰棒的木箱子白得耀眼。一路拍打声渐行渐远。

什么事也没发生。奶奶似乎有些失望，走上去把爷爷手中的冰棒夺下来扔了。一家人觉得很畅快。

爷爷你怎么不哭呢？

那个让你露出笑脸的小孙女没有了，你怎么就不哭一声呢？

爷爷后来走完了他七十二岁平平淡淡毫无责任感的一生，他选择的归宿是一条浅浅的水沟。这总让我很自然地联想起小妹妹的夭折。我总试图在记忆中把这两件事扯开，其结果却恰恰相反，我越来越觉出这之间有着某种深刻的联系。

我在前面提到过，自从十七岁那次回乡后，我再也没有见到爷爷。那么透过家人只言片语的回忆，就想摸清他的思想轨迹，确实是一厢情愿，甚至十分荒唐。无奈爷爷的死的确独树一帜，我要不把这个诡异的过程记上一笔，我实在愧对他那次临别时冲着我的微笑。

我曾经把这个荣幸告诉父亲。父亲的眼睛瞪得老大，说你是不是看错了，是不是幻觉？我果断地摇摇头，怎么会是幻觉，怎么会看错呢？父亲感叹一声，你不简单啊！据说在他的记忆里，爷爷从来就是一个表情，从来就没对他笑过。当时他可能没想到爷爷的微笑与小妹妹的死有什么隐秘的关联，但不久后他便若有所思，先是问我到底是看走了眼还是咋的，最后干脆硬逼着我说根本就没看到过爷爷什么神神鬼鬼的微笑。

然而我并不在乎，我觉得生活中许多事的关联只是杞人忧天的想象，实则上并不存在什么正儿八经的逻辑。

爷爷那天清晨毅然脱下那件伴随他后半生的黑棉袄，穿上一身整整齐齐的新衣。这当然让全家人既惊奇又欣慰。那天毕竟是他的七十二岁寿辰，他的穿戴在某种意义上可以作为咱们张家兴旺发达的一个标志。全家人长呼一口气：张家的黑棉袄时代终于过去！

写到这里，有件事值得交代一下。

我爷爷的其他六个兄弟在解放战争即将胜利的炮火声中吓得胆战心惊，作鸟兽散，下落不明。三十年后又都一个个从国外寄来书信，在爷爷周围织成了一张纵横交错的海外关系网。

爷爷自然身价百倍。

爷爷说，我想上街转转。

我叔叔婶婶和专门来给他过寿的姑姑绕着他转了一圈，皆咂嘴，这一身穿起来，爷爷俨然成了一位大学教授。

爷爷又说，我想上街转转。

叔叔婶婶这时才听清楚，皆说行啊行啊，脸上都很亮堂。

爷爷就一大早出了门。

直到当天晚上还没归家。大家便慌了。

我奶奶却十分镇静。她高瞻远瞩，联系爷爷日前的一个异常举动，做出惊人的预测。她对我叔叔婶婶和姑姑说，你们不必慌张，慌张也没啥用，老龟子的事情明天自有分晓。

和爷爷成亲几十年来，我奶奶的一颗芳心早已化成一盆冰水，她后来对爷爷的死表现轻松，一滴眼泪也没有。

这并不奇怪。爷爷那十年浪迹东北，出走前根本就没和我奶奶做过商议，而且一点痕迹不露。从东北回来，我奶奶本以为他能做出一些回心转意之举，谁知他好些天颠三倒四说来说去总是一句话：我饿了，我饿海了。奶奶一气之下再也不搭理他，至此两个人形同陌路。

多少年来，爷爷对他的六个子女不负养育之责，而由我奶奶含辛茹苦一手养大的六个子女却对他尽心赡养。这一点我爷爷在九泉之下当心满意足。

在爷爷故去之后，我曾再次回到家乡。为了试探奶奶的心事，我斗胆地提出要到爷爷的坟上看一看。奶奶一听这话脸色阴沉，说你去看那老鬼做啥，你不能去。说得我紧紧张张，我还非去不可。

但那当儿我仍然装作一副虔诚模样请教奶奶何以洞察一切。奶奶对这个问题根本不屑一答，经我旁敲侧击才透露一二。

爷爷在做出最后选择的前一天，曾破天荒地提着两斤月饼来到我奶奶的房里。他无声无息地把两斤月饼放在奶奶的床头，转身就走。

奶奶在后面把他喊住，说你偷偷摸摸的干啥？你把那两包东西给我拿回去。

爷爷走到房门口，闻声站定，目光迷离，不知所措。

奶奶以少见的敏捷抓起床头的两包月饼，一嘴嘟嘟哝哝走到爷爷跟前，说你犯啥病了，你拿着滚远远的。说罢朝爷爷的怀里一扔。

爷爷没有接，月饼就咚的一声着地，一个个滚向四面八方。

奶奶说起这事时似乎不痛不痒，叫我面对她慈祥的面容浮想联翩，百思不得其解。据说我婶婶姑姑当时对奶奶的预言也将信将疑，当天晚上就前往一个算命先生处占卜。那算命先生方圆百里名声赫赫，他翻动一双瞎眼，嘴里叽里咕噜地念了一通，忽然大腿一拍，惊呼大事不好，说这七十二岁寿辰便是我爷爷一道生死大关。此关若过，日后富贵荣华尽享；此关不过，当天必死无疑。

第二天清晨，果真找到了爷爷。他呈一个"大"字状趴在水沟里。那沟里的水很浅很浅，他的后背还露在水面上。我叔叔赶来后，跳到沟里把他抱上岸，沟水刚到叔叔的小腿肚。

爷爷静悄悄地死了。那小水沟里未留下一丝挣扎的迹象。有个目击者说，头天中午还看到他坐在那水沟边洗脚，悠然如返老还童。这一说简直让人回味无穷。

我后来瞒天过海，终于去到爷爷的坟前。一只羽毛鲜艳的野鸡趴在他的坟头，听到脚步声骤然飞起，惊得我汗毛直竖。我连叫三声，爷爷、爷爷、爷爷，过后如释重负。

随 风 飘 去

阿汤是一个民间艺术家。

这种说法显然有些可疑,不过如果以阿汤的一句名言作为注释,便勉强站得住脚。阿汤说所谓艺术家就是那些做出夸张动作的人们。说这话时他握紧拳头,脸色涨红,叫你不便反驳。

阿汤的民间艺术家生涯始于十八岁那年,或者说他从此过上了一种民歌般飘忽不定的神秘生活。阿汤的来历不明不白,无从说起,他反正已经彻底脱离了祖祖辈辈生活过的城镇或乡村,走上了完全陌生的漂泊之路。阿汤这样的人如今变得非常稀少。

阿汤现在就飘在那条著名的盐河上。他的船是条机船,准确地说,叫挂桨机船。阿汤坐在船的后梢,一边扶着舵,一边漫不经心地望着河岸。这是一条平静的河流,因自古以来航行运盐船而闻名遐迩,两岸多是盐滩和碱地,偶有一片芦苇荡或几棵树,在秋天的背景里,显得异常凄惶。

天色已经很晚,机船的马达声像一个老者古怪的咳嗽声,急促而艰涩,在空荡荡的盐河上远远地传开,几只藏在芦苇中的鹡鸰鸟尖叫着,箭头似的射向空中。阿汤的目光顺着鸟叫的方向伸向远处,渐渐变得迷惘。

作为民间艺术家的阿汤与别的船民有着本质的区别。说得简单一点,阿汤是在听过一首歌谣之后开始选择的。这首歌谣有着某种暗示，并且涉及一些具体地名，都是些水网交错便于航行的地方：

> 扬州大姐花裤腰
> 人到兴化心就花
> 到了盐城阜宁不想家
> ……

　　他选择了河流选择了船。只有河流把那些黑色的、黄色的、红色的土地，把那些著名的无名的城市、乡镇、村野联系到一起；只有船，能在这些河流里自由地漂泊。对阿汤来说，船在某种意义上只是一个载体、一个物化了的象征、一种时髦小说家把玩的形式，而绝不仅仅是内容本身。阿汤对船的依赖与别的船民相比较存在着艺术与非艺术的根本差异。

　　阿汤开始时非常希望能得到一条带帆的船，那才是阿汤心目中真正的船，那才是真正能漂起来的船。然而在今天，在一座座过河桥、涵洞和别的什么东西面前，飘逸的船帆已经被拦腰砍断，帆船就像阿汤本人一样变得非常稀有。

　　阿汤把弄船这样的苦差当成爱好当成娱乐，阿汤在水上漂泊的过程中感受人生的欢乐和痛楚。事实上，阿汤的机船已经破损不堪，它的核定载重应该是十吨，而现在恐怕连一半的载重都难以胜任。阿汤天生就不是一个好水手，他像一个劣等骑手驾驭一匹老马那样操作他的机船，在一条又一条河流上招摇过市，寻找理解寻找爱情，并以此展示他的艺术人生。可以设想，在某种特定状态下，阿汤已经不是阿汤，而是一条鱼，他的意识已经脱离了那个被称之为船的东西，已经滑到了水里，在水里自由自在地遨游。

　　在许多人眼里，阿汤被看成一个劣等船民一个自讨苦吃的傻蛋一个不可理喻的怪物，而理解他，把他当人看的恰恰是一些女人。

在这条著名的盐河上,阿汤记不清已经航行过多少趟了。他的下一个落脚点是一个叫板浦的小镇。

阿汤的目光穿过黄昏时分河面上升起的浓浓氤氲雾气,穿过那片芦苇丛,穿过平原上隆起的一座不高的奶状山包,穿过一排稀疏的正在落叶的柳树,穿过一截篱笆院墙,他看到了那个丰腴诱人的背影。他情不自禁地轻轻唤了一声,梅……

阿汤的思绪沉浸在那酸梅子味的回忆之中。

梅是个不错的女人。在那个不安分的春天里,阿汤在航行中与她相识。

那天的航行日志里,阿汤是这样写的:

船又出毛病了。这一阵它总跟我过不去,常常在关键时候狼嚎似的吼几声,过后又戛然而止,连口气也不喘了。今天又犯这毛病,真没治了,摸不准它什么时候才会好起来。

好歹是顺风,就让它像树叶一样漂吧,慢慢地漂。没有帆的船就跟秃尾巴鸡似的永远抖不起来的。有几条重载机船从我旁边冲过去,为的是赶趟子,那轮机突突突地直喘粗气。从船上那些人看我的眼神里,我知道他们在想什么。我和他们不一样,我不是一个纯粹的船民。

也许我应当把这次无声的漂行理解为一种神谕。否则她不会到这河边脱裤子的。她蹲下来,那两瓣浑圆熟透的雪白屁股正直对着我这边。她的面前是一大片金黄的油菜花,身后是一片绿油油的青草。毫无疑问,我的目光早被黏过去了,我听到自己的喉管里响起一阵难以抑制的渴望声响,我感觉周身发热不能自持。就在这时,她穿起裤子起身了，并且警觉地掉过头来。此时此刻，我便像一个阴谋家暴露在光天化日之下。

我的眼前是一个楚楚动人的女子，她的年龄大致在三十至三十五岁之间，她不是那种被称之"两面派"的角色，她的臀部她的全身曲线她的脸庞都散发出诱人的魅力。她先是用愠怒的目光盯着我，然后突然放肆地笑起来。这一笑反而弄得我惊慌失措极不自然。我想我的样子肯定非常狼狈，我的头发至少有半年没剪了；我身上穿的长至膝盖的暗红色滑雪衫显然与时令不相符合，而且上面布满机油和泥巴，这些污染物都归功于这糟糕透顶的机船；我的双手也因刚刚捣鼓过浑蛋机器而沾满了油污，它们就像两只笨鸟似的不知落在何处是好。

你是阿汤吗？

她在说什么？我瞪眼望着她，我想我的耳朵并不背，这宛如天籁的声音分明是她发出的。

你就是那个名叫阿汤的民间艺术家吧？

你是谁？我不认识你。

看来我没猜错，你就是那个大名鼎鼎的阿汤。我叫梅，梅花的梅。我在这里等你已经很长很长时间了。

这怎么可能？她来等我干吗？

我被眼前这事搞糊涂了。不行，一个理智的声音告诉我，你得镇静，这很重要，你眼下必须装得人模狗样煞有介事。这事儿简直太玄乎太出乎意料了，它像灵感一样莫名其妙连个招呼也不打就冒了出来。我把船靠到岸边，真真切切地盯着她。

你不相信我的话？我真的老早就在等你。

你等我干吗？

我实在是没有必要怀疑她的真诚，况且即使她撒了个弥天大谎又有什么关系？但我还是止不住地问了她一句。

我只想看看你到底是啥样子。

她笑着看我。她说我搭一下你的船，你把我送到对岸去行吗？

我还能说什么呢？我绝没有想到这一切来得那么迅速。这个精灵一样的女人以她特有的魅力把我牢牢吸引着，她的眼神，她的微笑，她浑身洋溢的青春气息无疑暗示着一个绝妙的开端。

接下来梅把手伸了过来，接下来就是船头那富有戏剧效果地一晃悠，梅便自然而然、水到渠成、顺理成章地扑倒在我的怀里……

那天的航行日志就写到这里，下面的过程可以称之为一次行为艺术，没有文字记载。这个过程像陈年老酒一样散发出持久的醇香，令阿汤回味无穷。

当然，如果没有出现那艘巡逻艇，没有检查员吕通过扩音喇叭传出的怪里怪气的咳嗽声以及随之而来的狂风骤雨般的呵斥声，那个妙不可言的过程还将持续一段时间。等他俩从舱板上爬起来，动作麻利地穿好衣服，检查员吕已经跳上阿汤的机船。吕的钉着铁掌的大头皮鞋落在破船上时发出一声惊心动魄的巨响。他一个箭步冲到舱口，把那张因长期酒色过度而变成猪肝色的阔脸凑了过来。

是你！他盯着梅不怀好意地露出他的黄板牙。

梅瞅了他一眼，不慌不忙地打开随身携带的草编小包，掏出镜子口红旁若无人地打扮起来。是我又怎么呢？

吕阴冷地嘿嘿干笑两声，他显然为没能及时欣赏到刚才发生的一幕感到遗憾，他把这种嫉恨立即迁怒于阿汤，他的嘴里开始肆无忌惮起来。你这个混账东西你给我出来！你船横在河当中干什么？

在阿汤的漂泊生涯中，如此这般的羞辱是时常发生的，像吕这样的名目繁多的检查员哪条河流上都有，他对这一切早已司空见惯。没有经历过漂泊生活的人是不可能知道这一点的。人们总喜欢把漂泊与艳遇联系在一起，人们或许只知道水中的旋涡头顶上的暴风雨以及漂泊中可能发生的颠覆和沉没，人们并不知道水上那些大大小小无数的关卡，固定的流动的长期的暂时的关卡。这些关卡是民间艺术家阿汤和所有船民的上官大人。阿汤望着吕头顶帽檐上那威严无比的标志，望着那张居高临下的金刚阔脸，他就像一只迷途的羊羔，一条黏在网上的鱼，他无可奈何，他的心里只有一阵紧似一阵的痉挛般疼痛。

吕发泄了一通，又朝梅投来色眯眯的一笑，你别磨蹭了，你到我小艇上来一下。

吕的脸从舱口消失，开始在船上焦躁地踱步。大头皮鞋的铁掌击打着水泥甲板，犹如重锤般强烈地敲打着他的胸膛他的心脏他的每一根神经，阿汤觉得耳朵里嗡嗡直响，震动向全身扩散。

走，上去吧。还是梅推了他一把，阿汤这才动作迟缓地爬出船舱。

撑几篙子，把我送到对岸。梅紧紧地尾随在阿汤的身后，又推了他一把。

阿汤机械地拿起船篙，用力一撑。

干什么，你想开溜？吕奔过来。

走，跟我上小艇！吕上前拽住梅的胳膊。

梅用力一挣。滚！休想欺负你姑奶奶。

吕一个趔趄，差点儿摔到河里。他老牛喘气似的吭哧两声，直愣愣地望着梅，脸色变得异常难看。

检查员吕最终像只斗败了的公鸡，无可奈何地跳上他的小艇。

阿汤的船没有靠到对岸,而是缓慢地驶到了盐河边上的板浦小镇。在阿汤的眼里,那是一个威风凛凛的小镇。阿汤已经适应了船的漂荡,一旦离开了船,走进这些人烟嘈杂的城镇,他反而感到恍惚和动荡。

然而船一停,梅便毫不犹豫地拉住他的手。跟我回去,什么也不用怕!

阿汤迟疑了片刻,他忽然有些怀疑刚才那一切的真实性。当然这种怀疑只是一刹那的事,他从梅的眼睛里看到了一种无法拒绝的力量。

阿汤对那个酸梅子味春天的回忆,被一阵放大的古怪的咳嗽声打断了。

怎么又碰上他呢?坐在船后梢上的阿汤打了寒噤,他隐约地听到前方传来的高音喇叭声,特别是穿插其间的放大失真了的怪里怪气的咳嗽声。他知道照眼下速度航行,只要半个钟头,就能到达板浦小镇了。

他被前方传来的喇叭声搞得异常紧张。他站起身,走到船头,看到黑暗中有一束强烈的灯光远远地朝这边射过来。他知道,只有巡逻艇才敢这样毫无顾忌地朝正在航行的船只打亮探照灯,只有他们敢这么做。阿汤看了一阵,感到有些头晕目眩,他扭过头,试图避开这束光柱,可他的眼睛已经看不清四周。他只好踱到船后梢,放慢航速,让他的船慢慢地接近巡逻艇。

喂喂,前边那条船开过来!开过来靠边!巡逻艇上的人显然已经发现了他,高音喇叭里传来严厉的指令声。

阿汤已经听出来,巡逻艇上喊话的人正是检查员吕。他借着探照灯左右照射的余光,看到前边已经有几条船靠在河边,他的心里变得更加紧张。他不住地对自己说,不会卡住我的,我这船上什么也没装，我没有什么让他可查的，他没有必要卡我。

阿汤这么想过，仍然放心不下。他对检查员吕这样的人有一种与生俱来的恐惧心理，这种惧怕已经像钉子一样扎在他的心灵深处。阿汤从十八岁开始体验人与人之间高山瀑布般巨大落差，他无力抗拒无法回避这种铁一样坚硬存在着的现实，他在水上漂泊一天就要忍受一天这样的现实，他别无选择。阿汤知道这些年来，他的心里已经被水蚀一样留下了难以抹平的斑斑点点，这便是忍耐的结果。

阿汤的船头撞上了横在河中心的巡逻艇一侧，发出沉闷的碰撞声。这一声把阿汤从迷浊状态中惊醒过来，他知道自己闯了个不大不小的祸。哪个船民敢将自己的船往巡逻艇上撞？这简直就是大逆不道。阿汤一时手忙脚乱，赶紧跑到船头。他不知道艇上的人会怎么处置他。

哪个浑蛋，眼瞎了！检查员吕气势汹汹地跑了过来，聚光手电筒直照阿汤的脸上。

好啊，又是你这个王八蛋！

强烈的光线刺得阿汤睁不开眼睛。他在明处吕在暗处，但他分明感觉到吕的嘴角上那一丝冷笑，感觉到吕那狠毒的快意。他的脑袋瓜在这个时候变得非常迟钝，他像一棵树那样直直地站立着，沉默不语。

把船靠边去，浑蛋东西！

阿汤还是一动没动。他感觉心里憋了股气，这股气沉重地压迫着他的心脏他的整个身体，甚至压迫着他的思维。

你眼瞎了，怎么耳朵也聋了？把船靠边，老实给我待着！

阿汤张了张嘴，好一阵才说出话来，让我过去。

你想过去？哈哈，让你过去，让你去会那个婊子？你今夜就休想了！

让我过去!你为什么不放我过去?

什么也不为,就是不让你过。等会儿放别的船都过去,就是不让你过。

为什么呢?阿汤感到一阵恶心,一股霉味从胸腔里涌上来,他不得不大口大口地喘着粗气。

你是阿汤,你是那个民间艺术家阿汤吗?

在那个春天的早晨,梅把他送出篱笆小院,对他说,你什么时候合适,尽管来找我。

从此,那个板浦小镇南端充满酸甜梅子味的小院就变成阿汤心中温暖的鸟巢。

梅的确是个不错的女人,她恰到好处地调动了阿汤的全身解数,她的大胆心细令阿汤感叹不已。他们完事之后往往冲上一杯掺着蜂王浆的蜂蜜,坐在一起品尝。这种蜜又甜又养人,它是梅的丈夫的杰作。梅的丈夫是个长年在外从不安分的养蜂人,是阿汤意识中另一形式的民间艺术家。只有一次,梅闭着眼睛对阿汤说,我现在正在想我的丈夫。阿汤的浑身热血陡然凝固,他愤怒地扇了梅一个耳光,翻身下床。

梅坐起来,平静地望着他。你是阿汤,你是那个标榜为民间艺术家的阿汤吗?

我是谁,我是那个被称之为阿汤的人吗?

我为了摆脱那些无休无止的屈辱而选择了漂泊选择了船,我最终还是什么也摆脱不了。我心里时而散淡时而充满各种非分之想。和梅的直率无畏相比,我不过是个懦弱的人,一个随时做出逃跑动作的浑蛋。

风是在将近午夜的时候突然刮起来的,或者说这阵风就像一群大鸟似的扑腾扑腾转眼从远处飞了过来。风的呼啸声和船的剧烈摇晃把阿汤从梦中惊醒，他跟跟跄跄地钻出船舱，发现抛在河边的锚缆此刻绷得很紧并嗡嗡直响，他的船像一匹发怒的野马，向前一冲一冲，竭力挣脱缰绳。

阿汤觉得这风刮得真是蹊跷。他望了望泊在前面的那艘巡逻艇的暗影，心里忽然生出一丝莫名的兴奋，一个小小的阴谋诞生了。闯过去，趁这机会，神不知鬼不觉地闯过这道关。

就这么干了！

阿汤两步跃到船头，拎起长篙，将锚缆挑了起来。船立刻变作一匹脱缰的野马，飞快地朝前冲去……

混账东西，看你朝哪跑！

从某种角度看，吕的确是一个洞察秋毫的检查员，阿汤这个午夜阴谋居然被他发现了。

我朝哪跑？我连机子还没发动，我只是顺着这阵风朝前漂去。

阿汤的幻想被彻底粉碎了。他沦为一个地地道道的失败者，他感到一种无情的嘲弄。他现在对吕的憎恨到了极点。

给我站住！再不停船，我追上去，有你好受的！午夜的扩音喇叭声冷酷无比。

阿汤突然笑了一声，那是一声绝望的冷笑。当他知道这一切都不可避免不可挽回的时候，心里反而变得相当平静。

混账东西，想跑出我的手心，你看错人了！等两条船靠齐，吕便以胜利者的姿态走到小艇的一侧。

阿汤也走到船的一侧，手里握着那根长长的船篙。

你给我老实点！

吕显然被阿汤不咸不淡的态度激怒了。在船员面前，检查员吕从来高高在上，从没受过如此蔑视。他完全有理由把牙咬得咯嘣响，并且把手电照在阿汤那张毫无表情的脸上。吕完全没有料到他这么做会导致什么后果。

阿汤又突然一笑，还是那种冰冷的笑。

与此同时，他举起那根长篙……

接下来，这两个人的脸上都出现了可怕的扭曲表情，一个是夸张的兴奋，一个是极度的恐惧。再接下来，那根长篙就毫不客气地落到了吕的身上。随着手电筒出手后一个漂亮弧光的划过，以及一声含混不清的短促呼救，吕重重地跌入水中……

巨大的水花溅了阿汤一头一脸。

船无声地向前漂去。民间艺术家阿汤在做出行为艺术之后变得心平气和。在机船经过板浦小镇的时候，他居然忘记了靠岸。

他不知道他将漂往何处。

他还是那个民间艺术家阿汤吗？

狐 狸 谷

一

进狐狸谷,必定要走鹰嘴。

鹰嘴是座石崖的名字。那石崖顶部一裂两开,上下两扇巨石凌空伸展,阔处相距足有丈把高,远远望去,形如一张苍鹰的钩嘴,对着空谷。一条细细的山道,蜿蜒伸进那鹰嘴里,又通向那幽深的狐狸谷。

每每经过鹰嘴,他就会感到身心的战栗,一种异样的恐怖笼罩下来,他恍若听到那一阵阵令人心碎的声音,似许多个婴孩在这荒山野外歇斯底里地号哭,山谷里久久地荡着回音……那便是狐狸的情歌,它们欢乐的歌。

他在这里踌躇着,却终究走过去了。远远地,再回头望一眼鹰嘴,他又会感到一种解脱。

如今,他走进狐狸谷,是为了炸狐狸,更为了得到解脱。

炸狐狸这行当,他已经干了二十多年了,以至于得了个外号,就叫"狐狸"。怕有上千条狐狸因为他的小炸子丢命,然而,每当听到狐狸发情时那摄人心魄的叫声,他就感到惶恐不安,仿佛顷刻间,许多往事凝成一片,从眼前飞过……

不，他不承认，炸了二十多年的狐狸，到头来却没有斗过狐狸。

不知胜负的，是自己斗自己……

因为那一夜，给他留下的记忆太残酷，太深刻了……

二

黄昏，他到狐狸谷下了五颗炸子，便赶紧回来了。爬上一个岭头，就看到村子的全貌，似乎比谷里清亮了许多，风也小，暖和多了。

他四十岁的人了，光棍一条，就住在村东头，有一宅还算不错的瓦房。那房里的墙上，总挂着一溜狐狸皮。他的目光，此刻却久久地盯着村西的一座小院。院中有两间草屋，屋顶的烟囱已经冒了烟，袅袅地升起，而后消融在这傍晚迷蒙的山色中。

他走下山，就拐进那座小院。

"又去下炸子了？"

好有情有味的声音。一个女人已经迎到门槛。女人有三十五六岁，一件瘦薄棉袄正好勾勒出细细的腰身。或许是刚刚在灶头烧柴火的缘故，脸上几个雀斑很明显，也很动人。

"嗯。"他应了句，却站在门口不动。

"进屋吧，外面冷。"女人使两眼盯着他，辣辣的。

跨进门槛，他又立在那儿不动。

"坐呀。"女人把锅台前的凳子抽过来。

他仍没有坐，说："你烧火呗。"

"不忙。"声音好细柔好有意。女人就站在面前，微微仰着发红的脸颊对着他，叫他心里发慌。

"扣子要回来的……"

"他放学还有会儿……"说话都有些颤抖了。女人再也沉不住,两手一下勾住他的脖子。

"翠莲……"他喃喃地呼唤一声,紧紧地搂住她的腰肢,差点儿把她抱了起来……

"烧火呗,你……"

不知过了多久,他抬起头,越过她蓬松的发丝,四下望了望,发现锅底的火已经熄了。

翠莲伏在他肩膀上,却没有抬头。

他看到她头上的几根白发,心一酸,捧起她的脸。

她的眼睛红红的,涩涩的,望着他,眼泪又流出来了。说:"你……你搬过来吧。"

他用粗大的手掌擦去她脸上的泪痕,顿了一会儿,却说:"扣子该回来了吧?"

翠莲这才松了手,自个儿赶紧扯了袖口擦擦眼,一边朝外面望,一边说道:"每天这当儿也都到家了。"

扣子是她的儿子,十三岁,在小学校里念四年级。孤儿寡母过日子。

她赶紧出门,走到院前,嘴里念叨着:"又到哪里耍去了?"

好一会儿,扣子回来了,背着书包,额头上汗津津的。翠莲问他:"在哪儿癫疯了?"他也不答。

"放学,才回来呀。"待到扣子到院门口,他说。

扣子看见他,一怔,随即头一低直走,也不睬。

他忽而感到很尴尬,很羞。

"我走了。"他对翠莲说。

"吃了晚饭再走。"她瞪了他一眼,又朝扣子喊道:"把你大叔拽着,莫让他走,我拾掇饭。"

扣子没有拽。但他还是留下了。

吃饭时，扣子冷不丁地问道："大叔，你非要炸狐狸不可吗？"

他记得，这是孩子第二次问他了，好像前两天也问过一次。

他笑笑，没有答。

扣子见他这样，也不再说，闷下头吃饭。

他想说，孩子，世上这许多事情，连我也琢磨不透。

三

第二天一大早，他去捡彩。

他从没有想过，为什么下了炸子，拾回被炸死的狐狸，就叫作捡彩。总之，父亲这么说，他也就这么说。

时值早春，狐狸谷仍寒气逼人。如同在云台山的腰眼上劈下一刀，留下这偏僻的所在。谷地两边，山崖高高地立着，太阳只正晌才完全照到谷底。早上，阴湿的岚雾升起来，终日不能散尽，走在谷里，阴森森的瘆人。只有在下炸子与捡到彩那当儿，他才进入一种神奇的境界，一切杂念化为乌有。

他炸狐狸用的小炸子，只有一个核桃大，用火硝、木炭之类配制而成，是祖辈传下来的方子和功夫，极精细，威力却不算小。涂上猪油等一应荤腥，择好地方布置下来，并不显眼，狐狸闻其香味，垂涎而来，一口下去，只听得一声闷响，尖脑袋已掀去一半，即使还剩一口气，托着下巴逃走，也不会长久，只要顺着血迹寻来，必定捡到死个儿。

但是，并非谁都能干得这行当。狐狸的狡猾是众所周知的，它们来无影、去无踪，不留一点儿痕迹。然而他只凭一个鼻子，闻其骚味，便能判断它们的行走路线，再布下炸子；在这方土地上，也算得上一项特异功能、看家本事。

十三年前，因为那个意外的事情，他曾下决心不行其事了。足足有八九年，他没有干，原以为这辈子再也不会跟狐狸作对了。却没想到，四五年前，乡间的各种各样行当又活起来，他不免有点心痒痒，再看到翠莲那两间破旧的草屋，扣子那羸弱的身子，他禁不住，又操起了旧业。

　　虽然这些年没有动静，狐狸终究少多了，然而物以稀为贵，这狐狸皮，十几年前最多卖十来元钱一张，现在却能卖到三五十元钱。他炸狐狸只炸头部，身上的皮毛完好无损，从头剥下来，里边塞满稻草，挂在那儿晾晒，卖的时候，皮色跟活的一样，很招人喜欢。

　　他重操旧业后，将第一次上街卖的钱送给翠莲，她有点儿不知所措。问："这钱哪来的？"

　　"当然不是偷的抢的。"他想笑，却笑不出，心里反而变得酸酸的，涩涩的。这些年来，也真难为她了，何尝点过上百元的票子。

　　他告诉她，是炸狐狸得的钱。

　　她这才露出欣喜，说："我倒忘了，你有这一手。"

　　后来，翠莲把两手在腰间擦了擦，倒也把钱接住了。

　　他的心一下子安稳了许多。她这样，无疑给了他莫大的支持，从此他定下心来，每年一冬一春，卖狐狸皮的钱少不了千儿八百的，他都送到翠莲的手里。

　　但是，她一分钱没有动。

　　他不止一次地问她："这些钱，你咋不用？"

　　"我用，算哪路钱？"不知怎么的，她凄然一笑。

　　他心儿一抖，她是个好女人啊。愈是这样，他的心愈是不安。翠莲，说真话，我开始去接济你，并不是想去讨你喜欢，不是的，我罪过呀，为了自己的解脱……

"我思量，暂且给你攒着……去娶个黄花闺女。"说这话时，她竭力显得轻松。

"莫瞎说了！这钱就是给你花的，你看你住的这是啥房子？你不在乎，也该为扣子想一想。"他有些上火。他最容不得她说这样的话。

翠莲讷讷的，不再说。

但她仍一直没有动他的钱。

也好。他无可奈何，又自我安慰起来：随她攒吧，等扣子长大了，总有用的时候，用场或许比现在更大些……

一路上，他想了许多，脚下的路愈来愈难走，已到谷底了。

他陡地警觉起来，脑袋里的漫想收住了。捡彩的时候，他是从不马虎的。顺着前一个黄昏下炸子的路线，他一步步寻下去……

他感到惊异，五颗炸子一颗不剩，却连狐狸的影子都不见！没有血迹，也没有爆炸的痕迹……

风兀自刮着，周围刚刚萌发星点绿芽的灌木丛，在风中瑟瑟发抖。

四

他陷入了极度的惶恐之中。刚才，路过鹰嘴时，他真的听到了狐狸求欢的叫声。那时候，东方已经透出红霞，远远近近的山野苏醒过来，坦然地舒上一口气，整个云台山包在一层淡淡的雾中。

然而，狐狸还在欢快地调情。

他似乎有所预感，但仍抱着一丝侥幸。待到他再寻下去，昨天布下的三颗炸子，又不翼而飞。

这已经是第二次了。其实他昨天下炸子时，早预料到这一点了，但此刻他想起狐狸那得意的叫声，仿佛受到莫大的愚弄。

他已经明白，这绝不是狐狸干的！世上有没有狐狸精，炸狐狸的人心里最有数。可这到底是谁干的呢？他没有勇气去揭穿这个秘密。

这连续两天的事实，把他的思绪无情地拖回十三年前……

那个早春好冷呀，干巴冷！春天迟迟不现本色。

他下炸子炸狐狸，发了点小财，让大队民兵排长盯上了。那排长不容他走资本主义道路，想抓个典型，立个新功。

每当傍晚时分，他走进狐狸谷，民兵排长都远远地跟在后面，监视着他。看着他下完炸子回村，排长便悄悄摸过去，看准炸子的位置；第二天一大早，排长抢在他前面进谷，想捡到炸死的狐狸，人证物语俱在，给他个下马威。

殊不知，民兵排长转来转去，早留下迹象，先让狐狸觉察到了。这样一连几天。炸子动都没动，当然没有一只死狐狸可捡。最后一次，民兵排长来了火，将他下的炸子一个不留，都捡起来扔了。

他从各种各样的怀疑中醒悟过来，发现了此人从中做的手脚，他恨得咬牙切齿。没想到，一个光腚时就在一起长大的伙伴，竟会变得如此毒怪，做出这远非狐狸精所能做的毒怪之事。

他决定给这位排长一个小小的惩罚，至少让他清醒一下，让他知道，那不干不净的手脚已经被发觉了，趁早收心。

没加细想，他便拿定主意，就用这小炸子来对付民兵排长。

这天傍晚，他照例去狐狸谷下炸子，回来的时候，又将一颗炸子下在了鹰嘴——出入狐狸谷的必经之路，稍许掩饰了一下。

他知道，这炸子虽然能掀掉狐狸的半个尖脑袋，但踩到人的脚底，最多"嘭"的一声，吓个够呛。冬天穿了棉鞋，更不会伤着皮肉的。

然而，当天夜里，他却听到了一个噩耗，那民兵排长摔死在鹰嘴崖下。如遭晴天霹雳，他好半天才清醒。

村里人惶惶不安，都议论说，是失足掉下去的。有年老者还说，怎么到那地方去逛荡，怕是叫狐狸精勾的。

而他，只有他心里清楚这一切。他揪自己的头发，捶自己的脑门，恨死自己了。怎么没想到，那人一旦叫炸响声刺激一下，还能不受惊吓？只一惊，一跳，便会失足落下几十丈高的绝崖。当时，他怎么没想到这一点呢？！

那天夜里，他走向鹰嘴，也想跳下去。他死了，人们或许能猜想出他的罪过了，他自己不知道人们怎样看待他，什么都不知道，多么好。

却就在他走到鹰嘴的时候，从那深深的幽谷里，传来了一阵阵狐狸的叫声，那么凄凉，那么瘆人，叫人头皮发麻。在狐狸们疯狂的叫声中，他依稀听到一个女人的抽泣声……

尾随着这声音，他走了下去。

是一个女人，怀里还抱着一个婴儿，也在哭。

那就是死者的女人翠莲。

那婴儿就是扣子，那时他刚满月。

娘儿俩的哭声让他战栗，让他感到无比的内疚。也因为那哭声，他活了下来……

从那以后，他一直暗暗地接济着这孤苦的娘儿俩，他没有娶妻生子，他愿以毕生的力量，赎回自己的罪过。

早在好几年前，翠莲便把一个女人全部的好处给了他，这使他感到温暖，又感到心虚；他一直不敢把那件事告诉她，更无法战胜自己的心虚，跟她明明白白地生活。

那一切，从无人知晓。

五

翠莲见他脸色不好，小心地问道："这两天怎么没见着你捡到彩呀？"

他端了条凳子坐下来，默默地望着院外，没有吱声。

"怕是山上的狐狸越来越少了吧？"她想了想，又说，"莫怪扣子常对我说，'妈，你不能叫大叔不炸狐狸吗？那谷里的狐狸都快被炸绝了'。"

"少是少了，哪能一个炸不着！"他低低咕哝一声，摇摇头。

"那是怎么回事？"翠莲皱起眉头，不得其解。

他发现，她皱起眉头来想事情，倒不像三十五六岁的女人，似乎年轻了许多，心儿还是很嫩的。这么端详着，他又不开口了。

"生瘟啦？你……怎么一句话没有？少炸几只狐狸，也犯不着这样……"

翠莲突然看清他那沉郁的目光，心一软。她是个软心肠的女人，虽然这许多年的生活致使她不得不泼辣点，但待他这个老实人，却永远是一颗十分温柔的心。她寻思着，想让他轻松一点，便说："你知道吗？上几次送来的狐狸肉，我做得喷香喷香的，扣子却一口不吃，我查问一下，你猜他说啥？"

是这样的，那狐狸剥了皮，只要把骚筋去了，肉做出来是非常鲜美的。他炸了狐狸，常把肉送过来。她家难得见到腥荤，扣子以前可爱吃这狐狸肉哩。

他不禁追问了一句："他说啥了？"

"他说，同学们骂他小狐狸，好委屈的哩。"翠莲一双眼睛紧盯着他，接着笑道，"我想呀，随那些皮猴子说呗，就是'小狐狸'又怎么样？"

但他忽然悲哀起来，炸了这么多年狐狸，他被人家唤着"狐狸"，现在，扣子竟被诌了个"小狐狸"的诨名，孩子已经明显感到这是很羞耻的。等扣子长大了，总有一天，会把多年前的老底子深究出来的。

是的，他不能再这样犹豫，这样闪闪缩缩。往往是这样的，宜早不宜迟。

他思忖着，怎样把这两天所发生的事，还有十三年前那场噩梦告诉她。闷在心里一天，他就不得安宁一天。

"你怎么了？"翠莲挨在他的身边坐下，推推他。

"唉……"他长长地叹口气，把这两天的事一讲。

还没听完，翠莲就跳了起来："这是哪个家伙，干这下三烂的事？"

"怕是谁逗着玩的。"他这是在自我安慰。

"哼！明摆的，是看你得了几个钱不服气，成心捣蛋的。"翠莲越说越上火，"这种人，你就不能治治他们？"

听她这一说，他抬头望了她一眼，嘴张了张，喉结又滑了下去。

"你呀，就是吃哑巴亏吃惯了。"翠莲的嘴巴不饶人。

他想了想，终于开口道："这样吧，人家既然盯着咱了，这狐狸就暂且不炸算了，没这行当，别的事咱也能干。"

"不行！叫他心里痒痒着，越是这样，咱越不能服软。"

几次，话到了嘴边，他想把心底的沉淤翻出来，却终没能够说出来。

六

他万万没想到，又会发生这样的事。

这天傍晚，神使鬼差，他在村里村外转了一大圈，终又进了那座小院。

翠莲正在喂猪，望着他进来，丢了个媚眼，又弯下腰，屁股翘得高高的，朝猪食槽里舀食。

他呆呆地望着她的背影，心头漫过一股温情，这几天的烦恼似乎被冲走了大半。他和她，已经不是三年两年了，却总是情不够。村里那帮猴头精或许已经窥知了这一秘密，曾在他面前有意无意地说，狐狸偷嘴，那滋味好着哩！

翠莲转过身，眼睛还是那么辣。她放下手中的勺瓢，故意怪嗔道："紧看着我做啥？"

他这才觉出自己的失态，头一偏，望着屋檐下的水缸，问道："缸里有水吗？我去挑担水吧。"

"没你的事，歇着吧。"

她一手提着空空的猪食桶走过来，一手拍打着衣服。

"你猜，我刚才做了什么事？"翠莲走到他跟前，停住了，突如其来地说。

"有手有脚的，随你做啥，我哪能猜着。"他憨憨地一笑。

"你猜猜呀。"她仍诡谲地说。

"我猜不着。"

"唉！哪有这么呆的……实说吧，我帮你个忙，想整治一下那偷炸子的人。"

"啥？帮啥忙……"他有些紧张。

翠莲已走到他前头，回过头说："让他做贼，自找难看，他能来偷炸子，咱也用炸子来治办他。"

"这……这咋行？"他只觉得一股寒气袭上心来，浑身一哆嗦。他伸手，想拉住她问个明白，却一把没够着。

"哼！那炸子也炸不伤他，警告一回，撒撒气。"翠莲头一掉，进了屋。

一时间，他呆呆地立在那儿。他不敢问，那炸子下在哪里，他希望这不是事实，而是她在开玩笑……忽然，他的神经像是受到猛的一击，紧跑上前，问："你，你的炸子哪里来的？"

"是在抽屉里装着的呀。"翠莲指指房里的一个柜子，又说，"那抽屉里总共八颗。"

"啊？！"他的脸色倏地变得煞白。

"怎么，炸子不是你放在那里的？"翠莲也吃了一惊，怔怔地望着他。

在她家的抽屉里，怎么会出现八颗炸子？八颗，和他两次失去的一样多！能是谁干的呢？谁干的？多么可怕呀！他想到了十三岁的扣子。这些天来，扣子的神情，扣子说的话在他脑海里回荡，他的心跳越来越快，脸色越来越难看……

是扣子捡走了他的八颗炸子。一定是扣子！他不愿看到狐狸谷的狐狸被炸绝，不愿被人家骂作"小狐狸"，更不愿再这么不明不白地吃他送来的狐狸肉……

啊！他想不得那么多了，他的脑袋就要炸开来了。终于，他大叫一声："你说，炸子下在哪里？"

翠莲的脑子里也被搅得乱糟糟的，不知如何是好。听了这一声喊，才几乎带着哭腔应道："还能在哪儿？进出狐狸谷，必定走鹰嘴！"

"天啊……扣子！"

他疯了似的出了院门，奔向鹰嘴……

簖上的秋天

一

明子家住在一个依傍山根的小村里。村子有个很怪的名字,叫蟹脐沟。的确有一条沟,从山里流出来,穿过一片滩地,汇入那条宽阔的运盐河。村里几十户人家,就散落在沟的两边。由此向东十来里,便是黄海。

沟名或者说村名的由来,类似象形文字。村子所依的这一片山,可看作一只大蟹;村东西延伸出来的山嘴,是这螃蟹的两只大螯;而从滩地里远远望去,一股清流像从蟹脐部位喷薄而出。

蟹有长脐团脐之分,长脐为公蟹,团脐为母蟹。明子自小听人说,蟹脐沟这只"蟹"是团脐,沟里流淌的便是肥水。怎么说就怎么信,谁也没法证实。

此地盛产螃蟹却是事实,且蟹大而肥。老辈人讲,早些年螃蟹多得成了灾,成群结队,黑压压的一片;它们钻窟打洞,能在一夜间把水稻田翻个个儿,眼看着就把一季的收成糟蹋了。

明子还听父母说,就在十多年前,一大早起来做饭,螃蟹自个儿爬到锅里,或是掉进水缸,也是常有的事。

到了明子记事时,螃蟹自个儿送上门的事就少见了。一到秋天，队里便在蟹脐沟与运盐河的汊口下一围簖，逮些螃蟹，上街去卖，算是队里的一项收入。

二

起初，看簖的只有明子的外公一个人。队里在河滩上支了两间丁头茅舍，外公把这当作临时的家。明子那时十二三岁，无学可上，便整日跟着外公，在河滩上消磨时光。

一天傍晚，外公把当日捕捉的螃蟹送到队里，回来后说："队里要派个人来，听说是个知青。"

"啊！知青？"明子吃了一惊。

"是知青，名叫田华。"

"田华不是个女知青吗？"明子歪着那个与身体不太相称的大脑袋，把知青点的人一一想过。

"是个闺女，听说是她自己要来的。"外公安了袋旱烟，坐在茅舍门口，像在思忖着什么。

"俺队的人都咋了，弄个女的来看簖？"明子的心里有些莫名的兴奋，嘴里却不这么说。

"小孩不要乱多嘴。"外公说着站起身，背着手踱到河边。

秋天的河滩上，长满了一人高的海英菜。这种只有盐碱地里生长的植物，眼下正是成熟的时候，枝枝缕缕都已变作暗红色，整个河滩看上去被一片暗红覆盖着。风轻轻地吹过，到处弥漫着海英菜特有的淡淡的清香气息……

外公顺着窄窄的跳板，朝簖篓走去。前方是一轮快要落山的夕阳，明子望得久了，眨巴眨巴眼，外公的身影便越发模糊，仿佛被那夕阳融化了。

明子"呸呸"吐了口唾沫，这个想法不好，外公怎能被"融化"呢?

他是个聪明的孩子,从外公的情绪中,已经悟出些什么。他知道这看簖的活儿是外公最在乎的,队里这样安排,难道是想把外公挤对走吗?

不,这不可能!

三

田华说来就来了。

暮色降临的时候,他们刚吃过晚饭,外公点了根艾绳驱赶蚊虫,自个儿朝茅舍前的石凳上一坐,就编起了簖篓。他是个忙劳骨,只要一睁眼,就从没有见他闲下来。编簖篓是他的拿手活,那些削得光滑溜溜的竹篾子,在他手里像银蛇一般飞舞着,慢慢地缩短,而篓子便一圈圈长起来,眼瞅着就成了形。

这簖篓的高度一般依水的深浅而编,内外两层,内层呈倒立的漏斗状,下部开一大小适中的孔道,螃蟹或鱼虾一旦进入,再想出来是不可能的。鱼虾在里面左右冲撞,到处碰壁;螃蟹则顺着内壁往上爬,从上端口进入夹层,以为到了安全场所,其实只要从上面揭开篓盖,就可尽数捉拿;那些进入迷宫的鱼虾,也只需拿只网勺,便能轻易捕捞到手。

田华走过来的时候,明子正倚在外公的一旁,心不在焉地数着运盐河里依稀可见的几片白帆。田华背了个大包,不声不响地出现在他们面前,犹如天外来客,弄得他们不知所措。

外公急急慌慌地放下手里的活,站了起来:"田同志,你这是……"

或许是走得急,田华的脸上汗津津的。她把包裹朝地上一丢,撩了撩头发,说:"张大爷,我来跟你报到了。"

明子一听，乐了："真积极！这么晚了，你咋不明天来呀？"

田华也一笑，圆脸上露出两个浅浅的酒窝："积极啥，听说队里定了我来看箥，早等不及了，巴不得插个翅膀飞过来。这不，你看我热得，这好几里路，我差不多是一路跑过来的。"

"你先坐下歇着。"外公进屋找了个板凳，递了过去，说："田同志，看箥这活儿也不是啥急赶的事情，天快黑了，你歇一阵，叫明子送你回村。"

"我今晚不回去了。你看，我把行李都带来了。"

"咋？"外公听天书似的，嘴张了老半天，着急地说："这咋行？你一个闺女家，在这咋住？"

"你们能住，我就能住。"

"不行不行，这咋行！"外公平日里就木讷得很，很少有话，这一急更是不知说啥是好。

明子在一边冒了一句："住哪？屋里就一张床，你来住哪？"

"住地上，打地铺也行。"田华走到明子跟前，一把握住他的手。

明子觉得她的手心湿漉漉的，很软很热。明子稍一动，手就像鱼似的从她的掌心滑了出来。明子朝她望了望，发觉那双黑亮亮的大眼睛也在注视着他。他连忙低下头，不再吱声。

"不行不行，这咋行？"外公急得团团转。

"今天我到箥上来守夜，全知青点都知道了。"这意思明摆着，她今夜是不可能再回去了。

"唉！这荒滩野外，叫你一个闺女家来看箥，白天都不是个事，别说夜里了，队里咋能这样摆弄？我得去找他们说说。"

"大爷，你可别去，这都是我自个儿的要求。"田华的声音有点变调了，她用一种乞求的目光望着老人，真有点可怜兮兮的。

"你……"外公无奈地摇了摇头。

四

当天夜里,田华总算在丁头茅舍住下了。当然,他们不会让她睡地铺的,她住在里间的床上。明子和外公在外间的锅灶前铺了层干草,放了张芦席,紧紧巴巴地睡了下来。

明子怎么也睡不着。以往,那些城里来的知青在他看来,是那么神秘,那么高不可攀。他们住在大队专门盖的两层知青楼里,跟村里人还是隔了一段距离。而现在,这个长着酒窝儿,说话总带着笑,被称作知青点"一枝花"的姑娘,却突然走进了他们的生活,甚至住在同一个小屋里,让明子简直不敢相信这是事实,他心中那种莫名的兴奋久久不能平静。

所谓里屋,只不过跟外面隔了一层稀疏的柴笆墙,且里外相连,并没安个门。半夜里,明子听见里屋窸窸窣窣下床的声响,接着一阵脚步声似要出门而去。

这时,外公把手电筒打亮了,问:"出去?"

看来,他也一直没有睡着。明子两眼眯睎,借着电筒的光亮,看见田华站在那,一脸窘相。

外公坐起来,把手电筒递给她,说:"这个你拿去使吧。"

田华接了手电筒,出去了好长时间,还没有回屋。外公坐在黑夜里,至少安了三袋烟了,烟锅里的火星一闪一闪的。明子想,她的一泡尿要撒这么长时间吗?真让人难以捉摸。他支起身子,忍不住问道:"外公,她咋还不回来?"

外公没有搭腔。明子虽然看不到他的表情,但能感觉到,他同样充满了疑惑。

又过了一会儿,外公把烟袋一磕,站了起来。明子也从地铺上跳起来,爷孙俩似乎形成了一种默契。

明子随外公走出屋。外面一丝亮光都没有,风呜呜地刮着,河沟里的波浪哗哗作响。明子打了个寒战,忽然感到浑身发紧。她哪里去了呢?

"喂!田姐姐……"明子下意识地喊了起来,声音在深夜的河滩上颤颤地传开。

"哎……"是她,是田华应了一声。

明子顺着应声望去,离得好远的海英菜丛中,亮起了手电光,上下晃动着,渐渐地移过来。

"黑天黑地的,可不能走远。"外公的声音很沉,很严厉,明子都觉得少见。

田华一脸尴尬,点了点头。

明子看见她的裤腿都叫夜露打湿了。

五

一泡尿要撒这么久吗?黑天黑地的,跑那么远干吗?这个问题无疑是个谜团,让明子十分费解。

"大人的事,小孩别多嘴。"外公总是这般教训他。

明子反了他一句:"小孩子的事,大人也别多嘴。"

"再不听话,我把你送回家去。"这是外公的紧箍咒。

明子只好不再多问。嘴上不说,可心中有数。那几天随外公送螃蟹回队里,他留了份心,陆陆续续听到一些有关田华的议论。有人说田华这人性格孤僻,跟知青点其他人处不来,这才要求去看簖;还有人说田华这女孩鬼精,她一个姑娘家到大河滩看簖,事情本身就够了典型,听说知青点最近有两个招工上调的名额,田华这着棋没走错,正好捞了个表现自己的机会。

这些议论当然不能让明子信服。说田华性格古怪,鬼才信呢?这簖上的日子,因为她的到来而变得丰富,让明子感到从未有过的新奇和快乐;再说她要是没人缘,队里那些知青咋会经常三五结队地来河口找她?

　　对第二种议论,明子想不透。看簖这活表面上看似轻快,实际上却是个细致活。秋风一紧,那些透肥的螃蟹似乎感受到了一丝寒意,感觉到末日即将来临,纷纷赶到这咸淡水分明的河汊口甩籽繁殖,但这些一贯横行霸道的家伙对水温、天气的细微变化非常敏感,它们的行踪变化莫测。要想让螃蟹乖乖地钻进"陷阱",那一排十来个簖篓在河里的位置一定要下得恰到好处,簖篓下方那个孔道的方向也要摆得适宜。这就是学问,在行不在行,逮到的螃蟹悬殊着哩。

　　田华天天跟在外公后面,看得仔细,问得仔细,做事也细心勤快。对她的介入,外公的心里虽说有些疙瘩,但看得出,他对这个帮手还是挺满意的。"田华这孩子勤快。"那天到队部,队长问起田华的表现,外公就是这么说的。他是个老好人,对别人从来都是谦让。他还说:"人家城市娃,你叫人家咋样呢?有这样就不错了。"

　　又是一个雨过天晴的日子,这一夜,螃蟹上得特勤,差不多过个时辰就要去收一次簖。到了早上,外公挑了满满两大筐篓的螃蟹送到队里。临走时,他说:"我今天说不准要进城里一趟,赶晚才能回。"

　　一夜里爬起几次忙着收簖,那些壳上泛光、嘴里吐着白沫儿的大螃蟹像迷人的精灵吸引着他。到了白天,明子瞌睡得要命。外公走后,他一觉睡到晌。吃过晌饭,他又接着睡,直到傍晚时分,他才迷迷糊糊地睁开眼。

　　四周静悄悄的,不知田华哪里去了。

她或许去收籪了。明子想着，一骨碌从地铺上爬起来，直往河边跑。可到了籪头，他发觉田华根本就不在这里。

明子在河滩上呆呆地站了一会儿。他的面前，暗红色的海英菜在秋风里波浪一样起伏，几只白色的大鸟在河滩上空盘旋着，发出低沉哀婉的鸣叫声，好像怎么也找不到着落的地方。明子突然萌生了一种预感，他觉得那海英菜丛中隐藏着一个秘密。田华会不会又像那天夜里似的钻到那片海英菜丛中呢？明子被一种强烈的好奇心驱使着，悄悄地跑向那片河滩。

明子被眼前的一幕惊呆了。他看见一片压折了的海英菜上，田华和一个男人搂抱在一起。那个男人是个小白脸，戴了副眼镜，他的手在田华身上急切地摸索，然后像两只鸟似的钻进她单薄的衬衣里。田华轻轻地呻吟着，而起伏的海英菜发出潮水般低沉的呼啸声，把她的呻吟淹没了。

明子的心里一阵狂跳，他后退了几步，然后像野兔子似的撒腿飞跑，一直跑到茅舍跟前才停下来。他倚在篱笆墙上，大口大口地喘着气，他的心里陡然有种说不出的失望。

彤红的太阳悬浮在西边的山坳里，远远近近的河滩上就像燃起了大火，大片大片的海英菜像火舌一样摇曳着，朝他迎面扑过来；他被一股烧焦了的苦蒿味熏得差点儿喘不过气来，他感到无边的压抑和孤独，像只小兽一样漫无目的地一阵狂跑，然后跌坐在河滩上。

"明子，你愣在这干吗？"田华不知什么时候冒了出来，脸上红扑扑的。她昨夜到现在没合眼，却还那么精神。

明子嘴里叼了根海英菜，冷冷地望着她。

"你这是怎么了？"田华被他看得有些着慌，下意识地四下看了看。

你当然看不见自己白衬衫的后背上，沾了好些紫红色的海英菜汁。明子歪着头瞅了她一眼。

"走,跟我上簖看看。"田华拉了他一把,说,"不知咋搞的,昨夜逮了那么多螃蟹,可今天白天,每个篓里咋都没有几只呢?"

"指望你,能逮到螃蟹?!"明子一甩手,冷不丁地说。

田华怔怔地望着他,那双大眼睛流露出少有的迷惘。

六

外公很晚才回来。

他脸色阴沉,回来后就干坐着,一言不发。

原来,今天他坐着队里的"小手扶"进城卖蟹,还没到自由市场,就让几个戴红袖章的青年截住了。外公掏出队里开的证明也不行,两大筐篓两百来斤的螃蟹让那伙人当成"资本主义尾巴"割去了。

明子听这一说,气得咬牙切齿。他想不到,世上除了有人上簖偷蟹,辛辛苦苦逮到手的东西也会被人公然抢去。

外公闷坐一阵后,起身走近盛螃蟹的筐篓,提起来晃了晃。

田华赶紧走过去,不安地说:"不知咋回事,今天才收这点儿。"

外公好像没听见她的话,自言自语道:"也罢,卖都卖不成,让你俩痛快吃一顿。"

人说靠山吃山,靠海吃海,跟外公一起看簖,吃螃蟹却并不便当,除非碰上缺胳膊掉大腿的,才让他们解解馋。

"这些……都吃?"田华有些疑惑。

筐篓里大约有二十来只蟹,有的大公蟹一只就有斤把重。

"吃,吃个够。"外公重重地说。

明子想,外公肯定在心疼白天那两大筐篓的蟹,与其让那帮人明抢去,不如让他和田华解解馋。是的,田华来看簖有些日子了,还从没有痛痛快快地吃一次螃蟹。

田华凑到筐篓跟前,低头摆弄了几下,迟疑着说:"留几只给我吧,算我买的。"

"买什么!你自个儿捡大的挑几只。"外公说。

她要买几只螃蟹给谁吃呀?明子站在外公一边,扯了扯他的衣襟。外公却跟没事儿一样,根本不理会他。

明子莫名其妙地想起白天那一幕,田华一如往常的平静叫他气恼。她怎么跟啥事没发生一样呢?他忽然有点儿怨恨她,莫名其妙地恨!

外公和田华在外面升起了篝火。一会儿,河滩上飘起了煮熟的螃蟹那诱人的鲜味。

明子似乎头一回对这鲜味失去兴趣,他支着那个充满疑虑的大脑袋,静静地望着迷乱的星空,头顶上明净的月亮已是蟹壳似的椭圆。他想,过几天该是中秋节了。

七

到簖上偷螃蟹的大多有两种人。一是运盐河过往船上的船民,他们偷蟹最方便,只消放个小舢板,摆到簖边,就可上手;还有一类人,是对河云门寺大队的知青,他们从运盐河上的一处跳板过河,然后一头钻进海英菜丛中,摸索到了河汊口,伺机上簖,令看簖人防不胜防。

然而,就在中秋节这天午后,一件意想不到的事发生了。

明子跟往常一样,正在茅舍里睡午觉,被外面一阵异样的声音吵醒了。他出门一看,只见外面站了一圈人,除了外公和田华,还有几个常来找田华的本队知青。再凑近一看,地上还坐着一个人。

这是咋了？明子不解地朝各人脸上望。

"对河知青点的，偷螃蟹，叫我们捉住了。"其中一个高个儿知青敲着手里的一根木棍，得意地说。

明子看见田华转过身，走到一边。

明子再看地上坐的那个人，不由得吃了一惊，这不正是那天在海英菜丛里与田华抱成一团的小白脸吗？只是眼镜不见了，身上一件衬衣也被撕破了，头发乱纷纷的，脸上木木的，毫无表情。

"捉贼先捉赃，你偷的螃蟹在这了，还敢不承认！"本队知青中有人一声断喝。

明子看见地上的确爬了几只螃蟹，它们叫绳子扣成一串，一个连着一个，逃脱不得。

咦？等到这串螃蟹爬到脚跟前，明子发觉，它们正是那天晚上外公给田华绑扎的那一串。一点儿没错，只有外公能把螃蟹扎得这么齐整、这么牢实。

"起来，跟我们到大队部去一趟！"

小白脸被拖了起来。明子看他站着都有些不稳，一条腿明显被打伤了。他不由得皱起眉头，咕哝了一句："你们怕是搞错了，这螃蟹，他不是偷的。"

"错不了，这家伙偷螃蟹不是一次两次了，我们早盯着他了。"一个知青说着推了小白脸一把。

"不对，你们肯定搞错了。"明子想冲上前去争辩，却被田华一把拽住。

"明子，随他们去。"

"你这是咋啦？"明子不解地望着田华。她好像在使劲地隐忍着什么。

"过来！大人的事你少问。"外公狠狠地瞪了他一眼。

明子呆立着，不知如何是好。他被眼前这一切又搞糊涂了。

只见田华两眼失神地望着那几个人把小白脸推推搡搡地带走，直到走远，她的泪水才扑簌簌地落下来。她捂着脸朝那片海英菜丛跑去。

过了两天，田华跟队里要求，不再看箔。

她悄悄地走了，河滩上又剩下明子和外公两个人。

知青点不准搞对象这个规矩，明子并不知晓。那时候，这样的事情一旦暴露，就等于自断上调回城的路子。

那一次，知青点上调一男一女，田华没有走成。

最后一个伏天

十六岁的乡村少年雨田首先进入角色，他将作为唯一的主角走完这篇小说的全程。我回忆中他十六岁的面孔上长了不少青春痘，他正为这些疙疙瘩瘩而发愁。不过最让他发愁的是他肩负的那个不同凡响的神秘使命，他实在不甘心在百无聊赖中度过第三个也就是最后一个烦躁的伏天。

这个故事在我的记忆里盘桓已久。因为它涉及一个人乃至一个家族的秘密，我始终不知道该把这只记忆的大鸟朝哪个方向放飞。我把这个故事讲出来，实在是为了寻求一种平衡，我已经难以承受那段记忆对我的压迫了。我记得少年雨田是在他十四岁那年把手伸向他父亲的。那是入伏的第一天。少年雨田在伸出手那一刻就产生了抗拒心理，他把对父亲郑重其事、威严不可侵犯之一系列举动的反感集中到了一处，他两眼紧紧地盯住自己伸出去的手掌，看到那鸡蛋黄大小鲜红的丸子从父亲侧立的手掌小心翼翼地滑到了自己的掌心。我记得那两个呈垂直状交接在一起的手掌形成鲜明对比。十四岁的雨田已经体会到父亲目光的重力，他被那颗鲜红如草莓的丸子深深吸引，原来反感的目光变得柔和似水。他暂时忘记了对承担重任的恐惧，甚至把握在掌心的东西想象成一颗色彩鲜艳的玻璃弹子。

又一年伏天过去，乡村少年雨田的日子平静如水，寂寞和孤独像一股暗流只能在雨田的心中翻涌。事实上他的情绪已经变成一条烦躁的鲢鱼,他终究会承受不住,他将在最后一个伏天跳出水面。

　　故事实际上刚刚开始。十六岁的雨田在经历两个伏天的磨炼之后出现在我的视野之中。这大概是那年夏天最为燥热的一个晚上。村人难挡居室的蒸熬纷纷窜出家门。这个靠山的村庄有一条救星般的小溪,村人在那溪水里洗去一身臭汗,洗去一天的劳苦,然后在溪边的山石上歪倒就睡。少年雨田已有两年没有如此畅快地享受了。他的手心握着那颗丸子,手上还裹着一块当时在乡间极为少见的精致手绢。我看到站在家院里的少年雨田心神不定左右为难,他把握的似有千斤重担,他仿佛被套上一副沉重的枷锁。对于手中的东西,雨田的认识已经不再那么肤浅,他已经不叫它药丸子,而是叫它掌心丹。被称之为"丹"的东西雨田还知道太上老君炼的"仙丹"。他现在已经变作一个名副其实的神秘的炼丹人。

　　多年以后我对掌心丹做了一番考察,我走访了雨田生活过的那个乡村几乎所有健在的老人,这些老人对掌心丹的来历众说纷纭,说得你糊里糊涂最后仍然搞不清它的来龙去脉。在这里我只能凭着我的记忆笼统地说,掌心丹是雨田家的祖传秘方,是雨田家上溯十余代的某位祖宗灵机一动兴致所至或历经风险的产物。它无非是由朱砂、神砂、皂角一类配制而成,它的配方可以说是简单明了毫无惊人之处,它的无穷奥妙在于它充满禁忌的炼制过程。它要求炼丹人必须是亲子亲孙代代相传,必须是货真价实的童男子;炼丹的时间必须选在一年中最炎热的伏天,在这伏天你要时时刻刻把那丸子紧握在左手掌心;你不得下水,不得靠墨靠钱,最要紧的是你绝不能与自家姐妹以外的任何一位姑娘媳妇搭话接触,据说"丹"炼得成与不成、灵与不灵,全在于此。难啦,这又并非一天两天、十天八天,要三年的伏天,三三如九,九十个白天和黑夜。丸子被手心里冒出的雄汗煮熟,为劳宫之精气攻透,那鲜红的丸子将变成紫红,那丸子就炼成了"丹"。

　　祖传秘方掌心丹传到雨田父亲的手里继续发扬光大。掌心丹给雨田家带来了莫大的荣誉,带来了额外的贴补,带来了令人瞩目的神秘色彩。你可以设想少年雨田手中把握的绝不仅仅是掌心丹本身而是一个家庭历史延续下来的荣耀。十六岁的雨田对荣誉这种东西并没有足够的责任感;他只知道他父亲他祖父他曾祖父都握过掌心丹,而他现在则是掌心丹的唯一传人;他知道他父亲握过的那粒掌心丹称得上灵丹妙药,他亲眼见过父亲用此丹治疗毒蛇咬伤和无名肿毒,他多次听人夸他父亲药到病除、妙手回春,他父亲因此成为远近闻名的蛇伤神医。然而雨田的内心却总把手握的东西当成负担,当成难以挣脱难以逃离的樊笼。

　　我看见的少年雨田此刻正处在两难之中。我看见他在家院里站了足有半个钟头。他现在面临的选择是走出这个家院还是留在这里独自承受燥热和孤寂。他像一个成年人那样做沉思状站立着。他时而望着夜空时而打量四周时而眯上眼睛什么也不看。他看见星星在夜空中闪耀并且旋转,他仿佛看到黑压压的一群大鸟遮住了天空,正是这群鸟在天空中不停地盘旋,那些星光便是大鸟不灭的眼睛。他眯上眼的时候,却分明看到他家那只白色狸猫一反倦慵的常态而闪电一般从他身边穿过,然后轻巧地跳上院墙,窜得无影无踪。他清楚地听到山溪流淌的声音,他还听到。时间的流淌时而跟他的心跳一样清晰明快,时间的声音时而像远处那一片嘈杂的蝉鸣。夜晚的蝉鸣声嘶力竭,却掩盖不了那个鲜甜的穿透力极强的歌声。那熟悉的歌声来自溪边,顺着歌声他的目光追寻到一个健美的姑娘,他的目光能够穿过夜的浓雾,能够在一百个姑娘的背影中分辨出她来。她叫秋妮,有人叫她泥鳅。她的年龄难以猜定,有人说她十年前和今天一模一样。她的身体像泥鳅一样滑溜,男人们只能用目光抚摸她,却无法抓住她的身体她的质地优良的肌肤。她喜欢唱歌,喜欢大声地说笑，村人总用诧异的目光看着她，把她看作不守规矩的魔女。我从少年雨田的目光里看到那种难以抑制的渴望。秋妮作为一个青春女性偶像已经像泥鳅一样钻进了雨田的心窝。我看见十六岁的雨田目光迷离，他已经被秋妮那一头挂满水珠的长发牵走了半个灵魂，他遥望着她那经过溪水洗涤闪着诱人亮光的胴体，他年轻的身体发出一阵轻微的颤抖，他的耳畔再次响起一阵惊心动魄的蝉鸣。

我说过雨田的情绪正处在鲢鱼即将跳出水面这一临界状态。在这种情况下，只有他父亲的规训还起着一点威慑作用。父亲老实巴交，对外一团和气甚至毕恭毕敬，对自己的儿子却相当严厉，雨田在接受那颗丸子的时候受到父亲的严厉规训。雨田从来不敢正眼看着父亲精瘦多皱的面孔，从来都是无可奈何地站在那里听父亲的训话。父亲的声音无疑像蝉鸣阵阵干扰着他的联想。

然而也正是父亲的大意促成了雨田这次奇特的生命旅程。父亲现在已经离开这个闷热的小院，走进溪边的人群之中。父亲在这最后一个伏天对他的约束相对而言有些松懈，他看着唯一的儿子即将走过少年时光这段艰难路程，他看着儿子喉结渐渐显露胡须渐渐分明，他的老脸也渐渐变得慈祥，他的心里开始荡漾起一种喜悦。他肩上搭一条汗巾，手里摇一把芭蕉扇，他对儿子说了声你在家待着，他就出了门，他居然忘了像往常一样随手把院门锁了。

父亲的大意让雨田有机可乘。也就是说，内心躁动的雨田不需要像那只白狸猫一样跳越院墙，他只需轻轻拉开那道单薄的木板院门，就能走向那个诱惑着他的世界。

小说到这里进行得相当平淡。我们的主角是一个身体单薄的乡村少年，是一个头重脚轻的早熟者，他的一脸疙瘩只能作为早熟者内分泌失调的标志，而绝无半点显露强悍的意思。所以我们最好不要指望他马上做出惊险的跳跃动作。下面的过程我们仍然可以看成是鹰类觅食时在天空盘旋的过程，这个过程中还没有出现那种俯冲镜头；在这段时间，你得跟我一起等待，耐心等待。

我的目光再次穿过隧道般黑暗的记忆，我看见十六岁的乡村少年雨田在经历一次复杂的内心煎熬之后，终于跨出那个曾经禁锢他多日的家院。他轻轻地掩上院门，然后逃也似的跑出几十米开外，当他觉得一切威胁都暂时远离他的时候，才渐渐放慢脚步。这时，他的心跳非常厉害，他激动不安，他心虚胆怯，他感觉到浑身汗涔涔的，脸上的青春痘在这片刻间必定又茁壮了许多。他下意识地抹了把汗，他敏感的手掌触摸到了脸上的那些疙疙瘩瘩，心里就像无意中摸到一只蛤蟆似的格外紧张。十六岁的雨田联想起秋妮那光滑的皮肤，一种相形见绌之感油然而生。对他来说，秋妮是另一层次的人，他与她之间除了年龄的差异之外还存在着另一种距离，这是月亮与太阳之间的距离；秋妮跟他隔着一堵墙，一堵透明而无法跨越的墙，她在墙的另一边旁若无人地尽情游戏。秋妮只是他梦中的偶像，精神上的情人！十六岁的雨田对女人的渴望还仅仅停留在浪漫主义的精神领域，十六岁的雨田到目前为止还没有接触过女人如水般柔软桦树皮般光洁的真实肉体。雨田是一个早熟的童男子，这我敢担保。雨田曾为自己是一个童男子而感到悲凉万分，他对童男子这一说一直耿耿于怀，他不会忘记这年春天那个难堪的处境。春天的雨田行动自由，他和村中的男男女女走到了一起，他的目光总是有意无意地追随着秋妮。或许是他这样做引起了秋妮的敏感，她居然当着众多的村人走到他跟前并且拉过他的手，她说雨田你过来我给你看看手相。她在拉住他手的同时发出一声惊讶的叫唤，她说雨田莫怪你能炼掌心丹，你这手真是与众不同，你的手真是一双贵人的手。秋妮情不自禁地在那双有别于那些庄稼汉的瘦削白皙的手上轻轻摩挲。她的举动自然引得四周男人的一片嘘声，你别去拉拢人家雨田，他还是只童子鸡。雨田的脸色那时真的像块大红布。他简直是悲喜交加。

雨田被一种无形的磁力牵引着，被一种强烈的原始欲望推动着逃离了家院。雨田行动盲目，前途黯淡，天知道那山溪旁边等待他的是父亲的训斥，还是秋妮那勾魂的媚眼、那撩人的笑意。雨田已经被一种强大的类似惯性的力量所驱使，已经变成一条随波逐流的游鱼不由自主地向前；他内心的紧张在欲望的河流中渐渐像砂糖一样溶解，变得无影无踪；他不相信那些禁忌那些狗屁框框，他不相信手里的掌心丹见了女人就会蜕化变质。他叫一阵山风吹得心旷神怡，他需要一种新的体验，他要重新验证一下那个飘在半空中的叫他难以捉摸的禁忌。他跃跃欲试，他在我的视野里开始走得轻松愉快，走得迫不及待，走得少年张狂忘乎所以，走得我不得不为他捏把汗。我真担心他手里握着的那颗掌心丹。我追踪着他的脚步在黑暗中不知深浅地一路小跑。我已经不再是十几年前那个山羊一般矫健的乡村少年，我的思绪被这些年的城市生活弄得异常艰涩，我开始气喘吁吁晕头转向。我知道十六岁的雨田已经被欲望之火烤得周身发烫，他的单薄的名叫理智的东西在欲望面前不堪一击，他的平淡无味的人生阅历也丝毫产生不了什么阻力。他现在需要的是一记响亮的耳光。

如果不是他脚下一个打滑，一个空心跟头翻倒在地，我的追踪恐怕就要落空了，我也就难以预料他这么一直跑到溪边会有什么结果。我记得雨田在踩上那个圆溜溜的东西一瞬间，脑子里最初的反应是一条蛇，接下来他想到了掌心丹。他已经收不住脚了。为了掌心丹，他不能两手朝前摔一个猪啃地，他只好就势来了个前滚翻。他顿时眼冒金星。

这一跤对正在兴头上的雨田恰如一瓢冷水。雨田爬起身来心有余悸。雨田手握掌心丹而事实上他仍然是个怕蛇的少年。蛇是最令他恶心的动物之一。雨田紧了紧手，雨田觉出握着掌心丹的那只手心有一股火烧火燎的灼热感。雨田觉得掌心丹这玩意真是不可思议，这玩意的药力到底从何而来？雨田看过父亲挑治毒疮，只需一根银针在疮的周围匀恰地挑上几下，再用针尖于掌心丹上挑出一星点儿末屑，敷在银针的挑破处，不出两天，那毒疮必定消去；雨田看过一个个被毒蛇咬伤昏迷不醒，大便失禁生命垂危的病人，用了同样办法截住毒液蔓延，再跟着挑点药拌酒口服，很快就恢复如常。雨田知道父亲炼的那颗丹用了大半辈子，现在已经所剩无几。雨田想，我是父亲的儿子，我无法逃脱我别无选择我该遭这个罪。雨田恍若看到父亲那张多皱的布满期待的老脸，父亲那凝重的目光正紧紧地盯着他。雨田感觉到自己的神经系统正承受着一只重锤的击打。

雨田陷入了沮丧的情绪之中，再次被潮水一般涨起的忧郁所包围。他像一叶迷失在大海中的孤帆，怎么努力也看不到遥远的彼岸。雨田只消冷静一点想想，他真的不知道他的彼岸他的目的地是在何方。

实际上雨田只是一个迷途的乡村少年，一个被莫名其妙的欲望诱惑着的探索者。雨田的目标前方，鲜花与陷阱并存。

雨田是一个介于浪漫主义与颓废主义之间的少年思想家。

雨田采取的是一种循序渐进的后退方式。

雨田现在正处于这篇小说的低潮状态。

神情恍惚的雨田与故作正经的我正进行着内容含糊的对话。

雨田：我现在是回去还是继续往前？

我：你回去算了……不过到涧沟边去凉快凉快也未尝不可。

雨田：你这叫什么屁话，这事可不是闹着玩的。

我：既然不是玩儿事，你还是赶紧回转吧。

雨田：看你说得轻巧，好不容易出来一趟，我这就回去？

我：我猜到你的心事。这一趟对你来说真是一次空前的考验，你闯闯也好，不过你千万不能轻举妄动。

雨田：这还差不多。现在就是到涧沟边上眯一觉，我也甘心了。

后来，少年雨田就跟众多的村人一样，躺倒在溪边的山石上。光滑的山石是那样宽广，差不多一村男男女女都聚到这里了，却仍显得很空。人们或坐或躺，或凑着一堆高谈阔论，或摇着芭蕉扇闭目养神，或呼呼大睡已入梦乡。我看见少年雨田的脸上呈现出一片迷惘。他不声不响地走到这巨大的旷野般山石的一角，又一声不响地躺了下来。山石上还残留着白日曝晒的余温，这对那些洗过山涧澡的人自然起着舒筋活血的作用，但此时的雨田感受的则是一种难忍的煎熬。雨田差不多彻底失望了，他一踏上这巨大的山石，他看着眼前一个个静止和晃动的人影，他忽然觉得有种束手无策的感觉。是的，他束手无策，他不可能在这纷乱的人堆里寻找到什么，况且他得避开父亲避开那些形形色色的眼光。他想掉头回家也毫无意义，他唯一的出路就是把自己彻底放松下来，渐渐适应这种失望。

雨田像热锅上的煎饼来回翻着身，他头脑里秋妮的印象已经有些遥远而不真实；他听到的蝉鸣低沉而空乏，这声音好像仍然来自远方，并且明显地带有欺骗性。这些夜晚鸣叫的蝉无疑是一伙巧舌如簧的骗子，它们在闪烁其词的同时掩盖了一些事实真相；它们制造迷雾和幻影；它们让你上钩之后又抛弃了你，把你抛到了一个相当尴尬的境地。一旦置身这种人群聚集的地方，雨田才觉得自己是那么渺小，他像被潮水淹没了，人们忽视了他的存在。雨田这时真正感觉到，炼掌心丹的雨田和别人没有什么两样，炼掌心丹的雨田又何必恪守那些禁忌呢？

故事所谓的高潮是在少年雨田一觉醒来之后发生的。雨田这时正处于头脑迟钝精神浑浊状态。雨田最初以为自己仍然在睡梦中游荡，他不相信这样一种事实，他不相信巨大的幸福会如此之快地降临。他尽管两眼蒙眬但他一下子就感觉到那是秋妮。秋妮就像一只温顺的猫咪蜷睡在他伸手可及的地方，给了他一个极具诱惑力的背影。她裹着一条薄薄的床单，她的腰和臀之间夸张起伏的曲线在月光下有一种恍恍惚惚的动感。因此在雨田看来，她就像一张画似的不真实。我现在回想起来，那时的秋妮就是雷诺阿笔下那睡姿别致的裸女。

一度平静下来的欲望在如此强烈的诱惑下再次汹涌而起。雨田再也抵挡不住了。他挪了下身子，伸出微微颤抖的手，摸到了她的肩膀。尽管还隔着一层薄布，但一股热流仍像过电一样传遍他的全身。他感觉平时灵活的双手此刻变得相当笨拙，在她的肩部停留了好长一段时间。他屏住气，听着她那均匀的若有若无的呼吸声，狂跳的心渐渐有所平静。接着，他把手伸向她的裸背并且慢慢地朝下，他的身子也靠近了她。他头脑里的所有禁锢在激烈的冲动中土崩瓦解，他的手指开始在她的背上轻轻滑动，仿佛在寻找什么，越来越没了深浅。随后，他像壁虎一样紧紧地贴上她侧卧着的身体……

十六岁的雨田仿佛漂浮在温泉里，随着波浪不停地飘摇，感到一阵阵幸福的眩晕。他隐约记得他是被秋妮一转身裹进床单的，他与秋妮顷刻间水乳交融汇合到一处，他的手被牵引着越过山丘和沟壑，最后像老鹰俯冲似的跃下了悬崖，耳边风声呼啸。他就在那一刻失去了所有的知觉。

当他睁开眼睛的时候，头脑里只是一片空白。他孤零零地躺在山石的一隅，就像经历了一次艰难的长途旅行，显得相当疲惫。一阵迷糊之后，他猛地坐了起来。他发现秋妮已经离他而去，但一点儿也不记得她是什么时候消失的。他忽然觉得浑身上下有种狂奔之后的凉意,他像往常一样紧了紧手,这才发觉那个整天把握在手的掌心丹不翼而飞!

  我想这篇小说到此可以结束了。我可以告诉你,那颗在雨田手里度过将近三年伏天的掌心丹最终没有找到。雨田无疑成了这个家族的不肖子孙,但雨田一直没有吐露真情,他后来迫不得已也可以说是顺乎自然地离开了那个养育他的山村。我想聪明的朋友可能还会猜想我和少年雨田的关系,这当然是你们的自由。真的,你尽可以把我看作那个有过浪漫经历的少年雨田,我无所谓。

云　姑

一

村里人都说，云姑头一回去柳跳口，就让盐大头把魂勾去了。

柳跳口离村子五六里，那儿的盐河边上有个小码头，过往的盐船到那，总要收了帆，停下来捎带一些块石，或西去猴嘴镇出手交易，或带回盐圩留着自家打地基、砌房子。

蟹脐沟的山石因此有了出路。

开山放炮采石头，是男人干的活。

到小码头背石装船，皆由女劳力出工。

云姑那年十八岁。十八岁的姑娘一枝花，花还太嫩太弱，叫她去背百十斤重一块毛毛糙糙的石头，实在有点儿残酷。

这活是队长指派的。队长汪大路说要让这丫头尝点苦头，不尝苦头她不识好歹。

汪大路看中云姑了，他想让云姑做他儿媳妇。汪大路想叫哪个做他儿媳妇哪个就应该感到光荣。

可云姑不。云姑说汪大路算什么东西，那个汪小划我看他一眼就想呕。她当着媒八嘴的面就这么说的，说完掉头钻进房里，不理这个茬。

她娘急了，直想冲着她下跪，这头又怕媒八嘴拂袖而去，只好叫声小祖宗，叹了口气，忙着给媒八嘴赔不是。

"汪小划哪里孬？不就走路外八字嘛，天生当官相！"媒八嘴一张三寸不烂之舌怎么说怎么有理。

她娘一个劲地点头称是："外八字，好！"

"小丫头不懂好歹，捺捺性子就好了。"汪大路对回去报告他的媒八嘴宽宏大度地笑笑，一副成竹在胸的样子。

云姑就被派到那些胖胖墩墩的婆娘一起，背石头！

一大早，她娘把那件千补万纳的坎肩拾掇出来，唉声叹气道："这下好了，把人得罪了，往后有你受罪的日子。"

云姑正捧一碗棒糊糊闷着头喝，听这话，碗一推站起来："受罪就受罪，要我答应他汪家，没门！"

云姑的脾气平时水一样软柔，犟起来却是牛也拉不回的。

盐河边的水旱码头，水大时，船能靠着岸，水小了，搭块跳板方能上船。跳板一头靠着船帮，一头靠在岸边地上。

云姑摇摇晃晃地走上一条窄窄的跳板。背上那块大青石与她瘦弱的身子形成鲜明对比。

云姑背了一趟又一趟，腰吃不住了，腿底下直打晃。这次刚走到跳板一半，就一脚踩空，连人带石跌到盐河里。

云姑的命运就在这一刻跟另一个人联系到了一起。

这是个高高瘦瘦满脸忧郁的青年，他文文气气地站在那条破旧的运盐船上，他的气质对照那破旧的盐船也形成了强烈反差。

他一直注意着云姑。这种吸引可以说是顺乎自然，可以说是忧郁跟忧郁之间的沟通。他从那嘻嘻哈哈的婆娘堆里一眼就看到了心事重重的云姑，他发觉她的神情与其说在干活不如说是正在跟谁作对。别人歇下来了，跟盐船上那些粗野的汉子嬉笑打闹，她孤独一人坐在水边。那件破坎肩披在身上，丝毫不影响她的明丽动人。

他就这样久久地注视着，心里涌出一种说不清道不明的滋味。

他眼看着她跌到盐河里，他的心像被尖刀刺痛似的叫唤了一声，便跟着一头扎进水中。

可以说是不幸中的万幸，那块石头没有碰伤云姑。她在水面上刚扑腾几下，就让他拉住了。

他一直把她抱到岸边。

天时已入秋。云姑浑身透湿，脸色苍白，仍然坐在地上一声不吭。

"你不要命啦，凭你这样也来背石头？"他在形容毕露的云姑面前不知所措，站在一边嘟哝道。

云姑本以为要挨一顿劈头盖脸的训斥，没想到救她的人说出的竟是这般可心的话，她禁不住回头望他一眼。

这一眼刚巧叫他给逮住了。他尴尬得很，仿佛做了件不光彩的事。

云姑苍白的脸上飞出一片红霞来，不好意思地笑了笑。

这一笑似乎鼓舞了他，他竟然当着那些围上来的婆娘，把云姑从地上拉起来，说："你去船上干干衣服，我帮你背几趟。"

云姑何时受过男人这般体贴和关照。她望着他，心底里的许多委屈一时控制不住，泪水不自觉地滚滚而下。

云姑的心就这样叫眼前的小伙子牵住了。

二

这一带人对盐民有个由来已久的称呼，叫盐大头。

大概是盐民兜里有几个钱的缘故，有钱就硬气就成了"大头"。当然这是跟那些土里刨食、鸡屁眼里抠钱的村里人相对而言的。

这个和云姑一见钟情的青年人叫肖玉，一个女里女气的名字，是他娘起的。自小他爹就死了，娘给他起了个女气的名字，巴望他活得顺当：丫头片子，小猫小狗一样，好养。

他下学堂门三四年了，晒过一阵子盐，弄了两年船；这么一个文弱书生样的盐工，家底子又薄得很，其实称不上什么"大头"。

云姑那天从柳跳口回来，就知道自己已经不可自拔。

云姑当然不图他是个盐大头。她是那种一汪清水似的女孩，只因一个眼神便爱上了一个男人，可又并不知道爱他什么。她爱得实实在在又糊里糊涂。

云姑那天背了一袋子盐回家，这是肖玉送的。云姑开始不要，她说刚一见面怎敢拿你的东西，叫人家看着不好。

肖玉说："你这个人真是的，别人上船，见了盐都想抢，白送你还不敢要。"

云姑想想也是，不觉"扑哧"一笑。她听说过村里有的婆娘为了一袋盐不惜给船工脱裤子。她这盐不是偷的不是抢的是人家奉送的。她想她那个贪心的爹要是见她背回一袋盐肯定会笑逐颜开。

她笑过之后，就露出小姑娘的娇态。她说："那你也装得太多了，你装这么多我怎能背得动呢？我这些趟石头背下来，觉得腰都没了。"

肖玉说："那我帮你送回去。"

云姑说："那不行，你送我回去太显眼了，让那些婆娘看着，她们恨不得吃了我。"

"那你就在这坐坐吧，等天色暗下来，我再送你回去。"

"那行吗？别的船都走了，就剩了你。"

肖玉说没关系的。肖玉的眼睛里有种异样的东西，他一把将云姑的手捉住，说："你的手很凉，你衣服还没干透吧？"

云姑不动声色地望着他说："肖玉，你真瘦啊，你的头一点儿也不大。"

肖玉把头埋下来，埋在那双凉玉一样的手上。

云姑的手后来就去理他的头发，杂乱无章浓黑柔软的头发。云姑想这人有时候真是莫名其妙。

天上这时候飞过几只鸟，急急地鸣叫。鸟返巢了，人也该回家了。

肖玉那天一直把她送到村口。肖玉还想朝前送，云姑说行了，下回再送就让你送到家。

云姑从此变了。每逢队里派活到柳跳口背石头，她都争着去。她已经忘掉这是对她的一种惩罚，她喜欢背石头，她背得有情有趣，她简直不知道如果不背石头，如果看不见肖玉她该怎么办。

十八岁多情的云姑，爱起来什么都顾不上了。

三

云姑跟盐大头搞对象的事传到汪大路的耳朵里。汪大路恼了："歪五，你瞎了左眼，有你好果子吃！"他汪大路在村里还没碰上过这号事，他咽不下这口气。

歪五是云姑的爹。歪五这人就爱贪点小便宜。贪小便宜吃大亏，歪五这亏看来是要吃定了。

歪五让房里满满一大缸白花花的大盐弄得心花怒放。这盐有云姑背回来的，也有肖玉送上门的。歪五没见过什么大场面，他站在大缸前踌躇满志，他想这一缸盐足有千把斤，千把斤的盐他家吃到哪年哪月他搞不清，腌咸菜，腌萝卜，这下可以尽情下盐了，况且还有个盐大头未来女婿做坚强后盾，盐还会源源不断地进家来的。

歪五就开始打起盐的主意。歪五想他得让这一大缸盐派上用场。

这天他就装了两麻袋盐，用独轱辘车推着，朝镇上去了。

歪五这头出了村，汪大路后面就跟上了。汪大路说话算数，说要治办谁就治办谁，他没有这手段还当这队长干吗？他早就瞄上歪五了，他看着歪五把那沉甸甸的一车东西推出门，他就知道机会来了。他心里痛快地颤抖了一下，他说歪五你这就怨不得我了，这可是你自找的。

汪大路本事通天。他到了镇上，跟镇里的头头一说，歪五就犯事了。

歪五本来就有些心虚，他大路不走走小路，专门到那些小巷里兜售。他的盐比公家店里卖得便宜，粗盐粒儿，适合腌菜，卖起来顺当得很。

眼看着一麻袋卖光了，另一麻袋也开了头，他就有些得意忘形。

"卖盐喽……"他刚扯起嗓门儿沿街叫卖了几声，便让镇上的几个基干民兵发现了目标，当场就把他揪住了。

这下"嗨"了！歪五脑袋里"嗡"的一声，这下"嗨"了！

歪五真的没经历过大场面。几个荷枪实弹的基干民兵把他五花大绑扭到镇革委，他已经两腿筛糠，站不住了。

歪五瘫在地上不打自招。歪五说我告饶，这盐是肖玉送的，肖玉送的盐我能不要？肖玉不算个盐大头他没有钱，他打我姑娘的主意，他就送点大盐给我。盐能当饭吃还能当钱使？我不把它卖掉嫌搁家里占地方。

此时此刻，歪五恨透了肖玉，恨透了这该死的盐。歪五被镇里关了五天学习班，第六天，两手空空，押送回村。

队长汪大路说："算了算了，歪五你是一时糊涂，队里就不批斗你了。"

汪大路对自己操纵的这场戏很满意。他想歪五你尝到苦头了，今天回去该管教管教你那个宝贝闺女了。不过，汪大路不想把事情做绝了，他想日后云姑嫁给我家小划子，我两家还是亲戚。这么一想，汪大路就挥挥手，说："算了算了，歪五你坐了五天学习班了，你现在就给我滚回家去。"

四

歪五回到家，果然大打出手。

歪五在外软蛋一个，到家却八面威风。

他把云姑捆到门前一棵小杏树上，小麻绳蘸湿水抽她。

"看你还跟那人来往不？"

云姑闭紧眼，咬着牙，任他抽。

"你说，你跟不跟了？"歪五下手愈加狠重。

云姑实在抗不住了，负疼地叫了一声："爹！"

云姑不知道自己错在哪里，一声爹叫过，她哭了，瘦弱的身子像风中的小树抖个不停。

歪五手中扬起的麻绳停在半空里，突然号叫一声："这该死的盐！"

歪五冲到屋里。他不知哪来的劲，一下子把那装盐的大缸扳倒了，然后拾了一把铁锨，抄起雪白的大盐，发疯似的朝屋外扬去。一时间，门里门外，白花花的一片。

云姑被这突如其来的风暴搞蒙了，她觉得头脑昏沉沉的，眼前亮晶晶的，闪着无数的小太阳。

云姑不知道还有更大的风暴在等着她。

那天村口突然热闹起来。是盐场开来的一辆游行卡车，上面游行示众的正是肖玉。

还是因为那缸盐，还是汪大路使的手段。当盐工的，白送亲戚朋友几麻袋盐，本来算不上事情，但一旦上纲上线，肖玉就吃不了兜着走。

云姑坐在家里，不敢去看。她听到广播喇叭里传来断断续续的声音："盗窃犯肖玉……道德败坏，贪污腐化……利用工作之便多次偷盐……"

她呆呆地坐着，似乎浑身都已麻木。

五

云姑想到了死。

她自然而然地想到了死。

云姑想她无论如何要跟肖玉见上一面。十八岁的云姑知道死对她来说轻而易举，但她要死个明白，她要让肖玉明白她就是死了也是爱他的。

这时候她的行动自由已经受到家里和队里的双重限制。队里再也不派她到小码头背石头了，她不知道肖玉的消息。

后来她从一个小码头回来的婆娘嘴里得知，肖玉还在跑船，那船隔些日子还总在柳跳口停下来。

云姑托背石的婆娘跟肖玉约了时间。他俩又在船上见了面。

"肖玉，你瘦'海'了，你瘦得都没人形了。"云姑看见他，泪水就止不住了。

肖玉却显得有些冷漠。他的头发显然被剃过精光，现在还是一头短茬；他的脸上冷漠多于忧郁。

"肖玉你这是怎么呢，你怎么不说话？"

他仍然冷冷地望着她。

"你是不是恨我爹，恨我家人？肖玉你恨就恨吧，我也恨。"

肖玉摇摇头说："我谁也不恨，我就恨这些盐。"

肖玉咬着牙，望着远处。他心里有许多东西，从来不跟人家说。

"肖玉你说我该怎么办呢，我要死了。"云姑抓住肖玉的手摇了摇。

"这就要死？没出息！"

"不死我怎么办呢？肖玉你想想，不死我怎么办呢？"

肖玉有什么办法呢？文文气气的肖玉他拿这个世道有什么办法呢？

"总之你不能死，我也不能死！"肖玉曾经也想过死，"我娘不让我死！"

看来该死的只有那些盐了。

六

云姑是一点儿办法没有了。

十八岁的云姑就像下盐腌过的冬寒菜，一下子就萎了，没有一点儿鲜色了。

后来，还是汪小划娶了云姑。

成亲那天，汪大路大宴乡亲。汪大路家的菜都做得齁咸，他家从不缺盐。

众人吃过，皆咂嘴："齁死盐大头了。"

后 娘 泪

太阳快落山了，却又不甘就此沉寂下去，便把剩余的火力一股脑儿发泄出来，燃着了西天的云，也燃着了面前的河水。

柳姐坐在河边的石阶上洗衣，觉得有些耀眼，便直起腰，抬头朝河岸上望。

照理小丫不会走远的，就在这一片视野里。然而她四下张望了几回，终没有看到那穿着红袄袄的瘦小身影。

她想：怕是耍回村了。听说今秋要送她去上学，小丫就常朝村里的小学校跑，看那些孩子坐在宽敞的教室里跟老师念书，忍不住地盼望时间过得再快些。

柳姐想象着小丫猴急的样子，不禁扑哧一笑，又坐下来继续洗衣。

小丫不是她生的，是那个死去的女人留下的。柳姐是外乡人，家里日子过得艰难，扣柱引动一个名叫花三婶的媒婆，在她爹娘面前天花乱坠一番说合，花了五千元钱就把她领了来，稀里糊涂地做了小丫的后娘。

柳姐自小听过有关后娘的种种传说，可怕极了，仿佛当后娘的都是些心狠手辣的女人，类似母夜叉的角色。她做梦也没有想到，自己竟做了人家的后娘。她这才知道，那众多的传言，有的是多么荒唐。

她很疼爱小丫，这好像是先天就准备好的。她在娘家时是老大，下面有好几个弟妹，她最疼的就数小妹。嫁到这里后，她发觉这种情感莫名其妙地转移到了小丫身上。这孩子可怜，她娘生她时大出血，还没来得及给孩子起名字就走了；扣柱既当爹又当娘，好歹拉扯了六七年，委实不容易。倘若换在别处，柳姐不当这后娘，听说这样的事，也会心疼得流泪。

然而后娘难当，柳姐有时觉得别扭得很。

结婚不久，有次扣柱把小丫叫过来，叫她喊"妈妈"。小丫到了柳姐跟前，憋了好一阵也不吱声，冷不丁，头一扭跑了。

"唉！"扣柱摇摇头，叹道，"这孩子……"

柳姐面上不在意地笑笑，心里却不是滋味。

还有一回，因为小丫死不开口，把扣柱惹火了，一巴掌下去，掼在她的屁股上。小丫被爸爸的举动吓住了，良久，才低声呜咽起来。柳姐好心疼，赶紧上去拉过小丫，但小丫却一把推开她的手。她发现，小丫的眼睛里闪着一种怨恨的光，她的心一阵战栗。那天傍晚，她从外面回家，却又看到扣柱正蹲在那儿，搂紧小丫，一把鼻涕一把泪地哭了。扣柱看见她，有些尴尬。晚上，扣柱坐在床上，长长地叹了口气，说："小丫懂事早，心大，怎么教她也不情愿喊你妈妈。"

柳姐什么都没有说，她感到一肚子委屈，半夜没睡着，泪水无声地流了出来。

柳姐开始想自己有个孩子。跟扣柱讲，他似乎犯了难，半晌不开口。

柳姐一横心，问："是怕我有了，就对小丫不好咋地？"

扣柱讷讷地说："怕……倒是怕外人说闲话。"

"问你，你咋想的？"柳姐一听这含含糊糊的回答，真有点儿来火。

她不相信，难道自己有了孩子，就会换了心改了肠，就会对小丫使坏？见鬼！

柳姐埋头洗着衣服，心里总有点儿不踏实。她下意识地朝左右望了望。毕竟已是初春，水边一片青绿，芦苇已经长了尺把高，叫风吹得微微摇摆。她这时感到手很冷，倒不如放在水里暖和。

她隐约记得，小丫刚才好像说要到滩地里摘野草莓。这里野生的小莓子，汁水多、酸甜，多长在水边潮湿的地方。柳姐近来下滩干活，走路时总爱寻几个野草莓朝嘴里塞。这也难怪，她的身孕有三四个月了，口里没味，就喜欢吃酸东西。小丫看在眼里，便记在了心里，自个儿摘到莓子，也朝她的手里塞。柳姐好生不安，不接，怕伤了孩子的心；接吧，真难为情。她想说，好小丫，你自己吃吧，你有心想着娘，俺心里比吃蜜还甜。

对面的一溜山根，已有人家冒起了炊烟。她想赶紧把衣服洗出来，回家。小丫说不定早已饿了，早在家等饭吃了；扣柱在外乡干瓦工，今晚也可能回来……

柳姐娘家的门前有条大河，她是在河边长大的。嫁到白果村后，她有事没事总爱到村前的河边坐一坐。清澈的河水，能勾起她对往事的怀想。有时，她真想跟做姑娘时一样，跳下河，在水里痛痛快快地嬉闹。然而，这一带的女子却没有到大河里嬉水的，她们最多在天黑以后，到山涧沟去冲个澡。

一天傍晚，她在河边洗衣，看到花三婶也端了盆衣服，一步三扭地走过来。柳姐不想搭理这个女人，想起这位媒婆带着扣柱当初在自己家那一通胡吹，她实在恶心，还有点后怕。

对自己的婚姻，她已经不再提什么后悔了，况且后悔又有什么用呢？从她下决心嫁过来，少女时代的幻想便破碎了，尽管扣柱是个好人……现在，要紧的是安安稳稳地过日子，做一个贤妻良母。

可是，花三婶远远地就跟她打招呼了。

"哎哟！柳姐，忙着啦……"

"哎。"柳姐无奈地抬起头，应了她一声。

"听说小丫一直不喊你妈妈？"没等走到跟前，花三婶就嚷嚷开了。

柳姐心一紧，想，她问这干什么？

花三婶踮着小脚赶到河边，一屁股坐在了柳姐边上，又道："那小东西缺少管教，野了性子，你要不拾掇拾掇她，往后更难伺候。"

"等再过些日子吧，慢慢来，她会喊的。"柳姐一边搓着衣服，一边低声道。

"哼！俺说的是实情话，看着吧，你做后娘的待她再好，她也不会跟你靠心的，你图个啥呀？……"

花三婶还说了些什么，柳姐听不进去了。她觉得心寒，觉得胸口有些发堵，像不小心吃了个苍蝇。她跑到河滩上呕吐不已，吐得心都空了。

那天半夜，不知咋的柳姐突然醒了，醒来后，心里也是空落落的。

她不明白，半夜的月光为什么那般明亮，甚至有些刺眼。月光透过不远处的一棵枣树，从窗口照进来，在墙上洒下斑驳的投影；外面有风吹动，墙上的影子便不停地变幻。听说那棵枣树是小丫的亲娘栽的，小丫经常端着水瓢给它浇水。其实那枣树已长成大树，根本不需要这样经常浇水了。

柳姐莫名其妙地紧张起来，禁不住推了扣柱一把。他睡得真死，咕哝了一声，又转了个身睡去。他累了，整天在外面干瓦工，着实累人的。她不忍心叫醒他，心里却越发感到不安，还是抱起他的手臂，摇了摇："睡得这么死！"

扣柱猛一惊，醒过来，问："作什么怪？"说着转过身，一把搂紧她。

"我心里发慌。"她把头靠在男人的怀里。

"怎么呢？"扣柱的两只臂膀铁箍子似的，把她搂得更紧。

"我怕……"柳姐指了指窗外。

"啥呀？瞎咋呼，睡你的觉吧！"

他们的声音不算高，因为小丫就睡在边上的一张床上，怕惊醒她。

可怪得很，小丫这时候突然哭了起来。他们以为刚才话都让她听见了，一时有些窘慌。

柳姐起了身，挨着小床边坐下，扑下身子问："丫丫，你怎么啦？"

小丫听到声音，一把抱住柳姐的脖子："怕，我怕……"

原来，她做了一个可怕的梦，陡然醒来，还是被吓哭了。

柳姐忽而感到一阵冲动，孩子跟自己连着心呀，连梦都做得如此相似！她把小丫紧紧搂到怀里，喃喃道："别怕，别怕……到大床上跟俺睡一起！"

这以后，她发觉小丫对自己不再那么冷漠。

接着，又一件事，让她和孩子的心更加贴近。那天，小丫从外面回来，一身新换的衣服上沾满了泥巴，头发也乱糟糟的，还黏了几个藜狗子。柳姐有些愠怒，走过去一边帮她换衣服，一边呵斥道："丫，看你在外面皮成啥样了！"

小丫低着头，不吭声。

"女孩子家，打小就要爱干净！"柳姐又数落了一句，忽而感到孩子浑身颤动起来，一低头，发现小丫哭了。

"丫，你哭啥？"她以为自己的言语重了。

"我想上学！"

"上学？……今秋你满八岁了，送你上学就是了。"柳姐有点儿意外，小丫突如其来地说这干啥？

小丫仰起头，一脸泪水，又说："我要起个名字。"

"上学时，自然就起名字了……丫，你这是怎么啦？"柳姐看小丫这个样子，心里不是滋味，忙给孩子擦泪。

"他们打我，骂我臭丫头……说我没人管，打了没事。"小丫带着呜咽的哭声说。

"别听他们的，这些坏小子……让我给你拿藜狗子。"柳姐心酸起来，把小丫揽到怀里。

"他们还说，等我有了弟弟妹妹，你就不顾我了……"

"不，不……"柳姐的手颤抖起来。藜狗子缠在头发里，很难拿。

小丫似乎感觉出什么，说："我不怕他们，等上学了，有老师管，他们就不敢打了……"

柳姐再也忍不住，泪水扑簌簌地滴在小丫的头发上……

然而，即使柳姐像亲娘一样对待小丫，也照样有人搬弄是非，说长道短。

就在前些日子，扣柱放工回来，一进门，就板着脸朝着她，说："你真够馋的！"

"你说这啥话？"她闹不明白。

"小丫摘点儿野草莓，你咋也伸手要来吃，你就这么馋啊？"

"哪个嚼舌根的，造谣……"柳姐的脸一下子涨得通红。

"哼！造谣？人家眼睁睁看见的。"

柳姐悲哀起来，这真是有口莫辩呀！倘若是亲娘，即使让孩子去摘草莓来吃，别人也无话可说。后娘，只因自己是后娘呀，别人才会这么捕风捉影。

人言可畏，连这样的小事都不放过，居然连扣柱都相信了。

夕阳终于投入山的怀抱，西天褪去了刚才的华彩，变得灰暗。

柳姐莫名其妙地烦躁起来，想赶紧将最后一件衣服洗出来。她拿起棒槌急急地捶打着衣服，不料，一棒槌打在了手上。她疼得一哆嗦，丢下棒槌，两手揉了揉，怔怔地盯着水面。

忽然，她听到河的下游传来凄厉的呼叫声："妈妈……"她的心一紧，感觉这声音是那样陌生，又是那样熟悉……啊，这可是小丫的声音呀！她恍若做梦似的，好一阵才清醒，猛地从石阶上跳起来，直奔孩子呼喊的方向跑去。

柳姐顺着河岸狂奔，不一会儿便眼冒金星，下腹部抽搐似的疼痛。她知道自己的身子吃不消了，但仍然强打精神边跑边朝前方向河面上张望。她隐隐地看到，空荡荡的水面上露出两只小手，不时地招摇几下……

她的脑子里"嗡"的一声，差点儿站立不稳、跌倒在地……天啦！小丫落水了！

"丫丫……"她啥也顾不得了，跌跌撞撞地跳下了河……

然而，刚游了几步远，柳姐的腿便抬不起来了，整个下身钻心地疼，接着变得麻木。她望着不远处的水面上，那双小手摇了摇，便再也看不见了。她的心好像破碎了，一边用僵了的手划着水，一边大声呼救。

她失去了知觉……

不知过了多久，柳姐睁开了眼睛，四周已经暗下来。她发觉自己躺在河滩上，有许多黑影在她面前晃来晃去。她听到有人在轻轻地叹息："可怜的孩子，说没就没了……"

接着，有个黑影朝她走过来，"她咋没淹死……明明会水的人，咋没把孩子救上来？不是自个儿身上掉下的肉，就是不一样……"听声音是花三婶，又不像。

柳姐的脑子里一阵嗡嗡响，听不见那人在说些什么。她感到无边的寒冷和疼痛，身体好像不属于自己，一动也不能动。

她的身下一摊血。她流产了……

人们连拖带拽，总算把她架回了家。她呆呆地躺在床上，脑子是空的，耳际总是回响着"妈妈……"那一声凄厉的呼喊。

夜是那么漫长，那么清冷……

扣柱不知啥时回来了，立在柳姐的面前。忽然，他疯了似的，双手掐住她的上身，边揉边吼道："还我小丫！还我小丫……"

柳姐跟木头似的，一声不吭。待到扣柱放开手，把她推到一边，她这才突然发出一声揪人心碎的呼叫："丫丫！我的丫丫……"接着一头冲进那凄凉的夜色中。

她真的疯了。

从此，每到黄昏，总有一个年轻的女人在村前的河边辗转徘徊，一声一声地呼唤："丫丫，我的丫丫……"

那河边，长着紫红紫红的野草莓，像一滴滴血……

方 向 盘

父亲当兵时跟雷锋在一个师，也是个汽车兵。

后来好些年他不开车了。父亲从部队下来，就到了地处中原的伏牛山区，在那里不开车，开枪，整天整天地开枪。

在那个深藏在大山沟里的兵工厂，父亲是个专职校枪员。

他的枪法很准，获得过全军射击比赛的前几名。小时候，我在家中一只皮箱里翻出过一本国家级运动员证书，还有一些大大小小的奖章。后来这些东西都被我捣鼓丢了，包括用一些铜质奖章跟货郎挑子换糖吃。

父亲不大看重这些东西，丢了就丢了，他从没有查问过。

父亲对枪没有兴趣了，对开车却念念不忘。

那是一九七五年，父亲历经周折，从兵工厂调回来，在市里的体委上班。体委根据他的特长，安排他当少年射击队的教练。

整天拎一支气枪，领一群孩子。

他耐着性子干了年把，终于按捺不住，就去找体委主任。

"这叫枪吗！"他把那支气枪朝主任桌上一放，说，"主任，哄小孩子的事我实在干不来。"

主任望着这个老实人涨红的脸，有些不解："不干射击教练，你还能干什么？"

"我能开车，在部队我当过汽车兵。"

可是体委只有一辆吉普车，已经有司机了。主任很为难。

"那你就让我走吧，到一个有车开的单位，我想开车。"父亲的语气很坚决。

主任是我父亲的哥哥也就是我大伯的朋友。当时父亲从大山沟里调回来，也是大伯托他帮的忙。他对我父亲知根知底：这是个老实木讷之人。老实人做出这样的"冒失"举动，这要下多大的决心啊！主任不再说什么。

父亲后来说，他这辈子从不愿跟领导提这样那样的要求，那次在主任面前，破例了。

父亲说，没办法，我想开车。

后来父亲如愿以偿地调到一家专业运输公司。

可是并不叫他开车，而叫他干后勤，一个跑腿角色。

父亲起先有些不解。他说我来之前跟领导说好的，说好是来开车的，怎么领导说过的话不作数呢？父亲有一种被耍弄的感觉。当然这些牢骚只限于在家里发发，在单位他从不多说。连没见过什么世面的母亲都说他，人家踢你三脚也踢不出个响屁来。

那么只有等待了，漫长的等待。在那个大山沟里已经等十来年了，再等等又能怎么样？父亲已经习惯了等待。

机会终于来了。父亲单位有两辆汽车吊，一辆十吨，日本产的，一辆五吨，国产的。这两辆车只有一个驾驶员，这人叫杨大春。杨大春在单位里是个"好佬"，谁也不敢惹的。那两辆吊车，由他掌握着，简直成了他家的私产。当时的汽车吊属于紧俏资源，汽车吊的司驾人员也就牛气得很。建筑公司的工头子找到他，出不出车，工时费用，都由他说了算，弹性大得很，他落下的实惠也就大了去了。据说他家盖了幢两百平方米的小楼，他只请了几顿饭，就把楼给竖起来了。单位头头对杨大春有些戒备，找过好几个司机给他做副手，杨大春硬是看不中，挡回去了。杨大春说配个人可以，要配把老李配给我。他说的老李就是我父亲。单位头头愣了半天，最后含含糊糊、勉勉强强地同意了。

就这样，父亲又摸到了阔别多年的方向盘。

虽说是汽车吊，跟真正的大货车还不是一个概念，但父亲总算摸到方向盘了。

为了感谢杨大春，父亲专门在家请了顿酒。对小他十来岁的杨大春，父亲一口一个师傅，不时地给他敬酒。喝到最后，两个人差不多都醉了。

大春说，老李，全公司我就看你顺眼。

父亲说，杨师傅，哪能这样说啊。

大春说，老李你就是太老实了，这年头老实人吃亏。

父亲说，这是爹妈给的禀性，有啥办法。

大春拍拍父亲的肩，老李你跟我干，往后不会让你吃亏的。

杨大春走后，父亲呕吐一地，一嘴胡话上了床。

第二天，母亲对我说："你爸夜里睡魇子了，半夜爬起来坐在床上，又是跺脚，又是拍床，还呜呜哭。"

"你爸心里难受。"母亲叹口气说，"你爸十八岁当兵，十九岁入党，走南闯北，现在混得给人家当徒弟，心里能不难受？"

父亲调到一个专业运输公司，干的却是非专业的跑腿角色，他心里不顺，脾气也变得很躁。多年以来，父亲和我们生活在一起的时间很短，一年只有探亲那二三十天，但他给我的记忆却是近乎完美的。他百发百中的枪法，以及他在大山沟里追杀野猪、智斗恶狼的传奇故事，一度是我在小伙伴中间炫耀的资本。

而眼前的父亲却总是沉默寡言、心事重重，哪还有往昔的风采？

不过，自从父亲跟杨大春成了搭档，两个性格迥异的人竟相处融洽。父亲用了什么高招，我不得而知，但可以肯定，父亲并没有和杨大春沆瀣一气，做有损于单位的事情。两年下来，我没看见父亲因他这个特殊岗位得到什么实惠，只是喝酒应酬变得多了，晚上到家常常是醉醺醺的，令母亲大为不快。

一天活干下来，施工单位早已备下酒菜，父亲开始还执意推辞，但杨大春却习以为常。杨大春说这是规矩，老李你不能坏了规矩。父亲一怔，马上意识到自己是副手和徒弟的角色，恭敬不如从命。

父亲说他坚持一个底线，那就是钱财不能收。收了钱财，把柄就落到人家手里，你就得任人拿捏。酒呢？一喝了之，变作尿滋了。不过喝酒有个原则，一桌酒席上他和杨大春只能一个人沾酒，保证另一个人开车。对这一点，干了十多年驾驶员的杨大春也从无异议。

与人相处，父亲总是宽以待人严于律己，也许这就是他和"刺头"杨大春能够和平共处的秘诀。我几次听他跟母亲说，大春这人技术不错，他身上那些毛病也不能全怪他，多数是让单位领导给宠的。

那两年，父亲和杨大春都成了公司的先进。父亲的为人和工作实绩让公司上下刮目相看。

就在这时，公司要引进一批进口大货车。开好车、新车，对驾驶员来说是一种享受，全公司的驾驶员都瞪圆了眼睛盯着这批进口车，没想到领导头一个竟挑中了我父亲。

接新车那天，父亲特意穿上他那套只有春节时才穿的新衣服。父亲总说他穿新衣服就浑身不自在，可那天他把那套衣服从箱底里翻出来，在镜子前比画了一阵，穿上身，脱下来，又穿上，还一个劲地问我母亲："咋样？你看看，穿这一身咋样？"

母亲不无揶揄地说："看把你美得，接新娘子呀？"

父亲是那种干啥都要干好、干啥都不甘落后的人。论射击，他是一流的运动员；论开车，他称得上一流的驾驶员。那些年，我们家的各种荣誉证书又摞了一大沓，大大小小的奖杯也摆了一排。最大的一个奖杯是国家交通部颁发的。

也许是人生将老，父亲对这些荣誉变得在乎了。有一只造型精美的陶瓷奖杯，让我妻子相中了，她悄悄地对我说，咱把那奖杯上的字擦掉，拿回去当花瓶。我找了点酒精，刚上去擦，让父亲看见了，他一把将我手中的擦布扯掉，还说了句"败家的"，弄得我好生尴尬。

我想不到父亲会发脾气。自打重握方向盘，他的脾气变得好多了。

他说开车要心平气和，才能稳稳当当。

他还说，几十万一辆的车子掌握在你手里，你还想咋地？

说这话是针对我母亲的。那几年，父亲单位的驾驶员们一个个都发了，发得让人眼花缭乱。公司的宿舍楼里，几乎家家都有了彩电，有的人家还添了录像机，而母亲一到晚上面对的却是一台十四寸的黑白电视机，她不由得不埋怨几句："不是成天说你任务完成得最好、油料节省得最多吗？咋就挣钱挣不过人家呢？"

一到这时候，父亲就坐在一边挠头，一言不发。

母亲又道："看你整天累得，人都瘦得跟猴子样了，人家还以为是我亏待了你。"

父亲笑笑："天生这样，有啥办法？"

父亲开车开得稳当，名气传了出去，主管局的领导便点名要他去开小车。按说这是别人削尖脑袋朝里钻的好差事，父亲却吭哧半天不表态，手插到短短的头发茬里，又是使劲地挠。

"有什么好考虑的？到局里开小车，既轻快，又能接近领导，这是人往高处走！"单位头头耐着性子开导他。

"那小车开起来轻飘飘的，咱开不来啊。"父亲苦着脸说。

"你这个人，工作咋这么难做！"单位头头忍耐到了顶点，脸便挂了下来。

这件事弄得父亲很被动，他那条理由实在不能称其为理由，他自己心里也明白。

我后来分析，真正的原因恐怕有这么两条：一是父亲向来有种惧官心理，他性格内向，跟领导说句话都不自然，更何况让他与领导整天相处；二是他本来就不喜欢做伺候人的差事，现如今上五十岁了，再叫他去随时听人调遣，心里总有些别扭。

跟领导闹别扭，自然不会有好结果。这年年底，他连续多年的老先进荣誉没了，还被派了趟别人不愿去的长途：来回三四千公里，四天后便是春节。

那个除夕之夜，一家人等着他回来吃团圆饭，左等右等，直到大年初一的凌晨，才把他等回来。

父亲显得疲惫不堪，面对一桌丰盛的酒菜，他的手似乎不听使唤，不是碰倒了酒杯，就是跟别人的筷子打架。

"我困死了，坐在这老是做梦。"父亲说着，竟倚在沙发上睡着了。

父亲后来说，那次跑长途，他三天没合眼，最后那一夜，车子开得危险至极。离家最后百十里路，他已经处于一种睡眠状态，他被一阵鞭炮声惊醒之后，忽然觉得不对劲：刚才明明还在百里之外的山东境内，怎么一下子快到家了？他停下车，定了定神，等到他确信自己刚才一直是在睡觉的时候，不由得惊出一身冷汗。他是在梦游状态下开着车，或者说，是他的潜意识操纵着方向盘开了这么远的路途！

幸亏是夜深人寂。幸亏是一条熟悉的路。幸亏是大年三十，路上的车寥寥无几……

侥幸之后，父亲的心里更多地蒙上一层阴影。这次险情给他一种预兆，他深感自己的精力、体力跟不上了，他已不再适宜做大货车的驾驶员；和那些生龙活虎的年轻驾驶员相比，他那个全公司第一是实打实熬出来的，别人一天跑五趟"集港"，他跑七趟八趟，别人傍晚六点下班，他夜里十点才回家。再这样熬下去，什么人能吃得消？

　　父亲这种没有规律的生活让母亲大伤脑筋。终于有一天，她来了次爆发。她说老李你这不是成心作践人吗，你还知道回家？看看现在几点了？你干脆就睡在车上，不要回了！

　　母亲再也不想让他开车了。

　　单位头头的态度也很明确：老李你是该交班了。你这样干下去，说不准啥时候方向盘一歪，出了纰漏，我们可担当不起。你是劳模，是单位的一面旗子，咱可要保护你。

　　父亲还能说什么呢？

　　最后一次出车，是去天津港装货，一共四辆"五十铃"汽车，安排父亲做领队。任务完成得非常出色，货主感激不尽，除了付给正常费用外，还给每位驾驶员塞了个红包。塞给父亲的红包是整整一千元。那是20世纪90年代初啊，一千元可不是小数目。

　　一千元带回家，一家人七嘴八舌地发表意见，最后一致认为，这次红包人人有份，咱不收白不收。况且这是父亲最后一次出车，是好是歹，也就这一次了。

　　父亲在一边长时间地沉默不言，对大家的意见置若罔闻。只见他从腰上摘下那串汽车钥匙，摆到桌面上，又呆呆地坐了一会儿，最后他把钥匙和那个红包朝身上一揣，推门就往外走。

　　母亲急了，追出门喊道："你给我回来！听说出这趟车是领导有意安排照顾你的。"

　　"我不要这照顾，要照顾就照顾我再开两年车！"父亲头也不回，嗓门大得吓人。

故乡往事

借　粮

北云台山，两百年前还在大海里，所以当地一些老人仍自称"海里"人，而对山外的平原地带，则称"海外"。

其实这里的"海里"和"海外"近在咫尺，根筋相连，"海里"最早的居民就是从"海外"过来的。他们共同的祖辈又都是因为"红蝇赶散"流落到这"在海一方"。

所谓"红蝇赶散"，实则是明朝初年的大规模人口迁徙活动。朱元璋称帝后，把苏州一带原来拥戴张士诚的士绅商贾的家产悉数没收，并将这些人家遣散到苏北沿海等偏远地方垦荒屯田、起灶晒盐。当时，这些来自江南富庶之乡的"有钱人"和"城里人"，拖家带口，背井离乡，被驱赶至海角天涯的荒芜之地，该是怎样一幅凄惨情景！因此，他们的后代就把发生在洪武年间的这场劫难诅咒为"红蝇赶散"。

听外公说，他们张姓人家的先人就来自苏州阊门外。他们先被"赶散"到板浦以南一带充当盐民，后来兄弟几人渡海到北云台这片山坡上，垦荒种植，繁衍生息。到20世纪初，海水已退至东边十里开外，山脚下淤积的滩地也因雨水和山洪的冲刷，变成了可耕可种的薄田。一个小小的村落，就这样渐渐成形。

随着老辈人的离世，"海里"与"海外"的说法已经少有人提。

记得外公说起过与这有关的一段往事。

大约七十年前，那年大旱，"海里"一带庄户人家基本颗粒无收。外公眼瞅着家里快揭不开锅了，便将积攒多年的十几块银圆从墙肚里掏出来，打算冒险到"海外"买粮。外公有表亲在"海外"。他把银圆绑在腰间，推着一辆独轮车上了路。沿途经过大板跳、小板跳、马二份及圩丰等地，一路顺畅，就到了四堆的老表家。

外公实指望腰包里的银圆少说也能买到两百斤小麦，哪知"海外"这边也受灾严重，原本殷实的老表家同样度日艰难。老表到处张罗，十几块银圆只换到两巴斗棒粒子。老表留外公吃了顿晚饭，住了一宿。第二天麻麻亮，外公将棒子分装到两个布袋，搬上小推车，又砍了些柴草掩盖在粮袋上面，从原路返家。

到了马二份的时候，正值中午，十几里开外荒无人烟。外公又饥又渴，看到路边有一条小河，便放下车子，跑到河边喝水。等他喝过水，抄了把水洗洗脸，再回过身来，他一下子惊呆了。他的独轮小车跟前站着五六个人，个个身穿羽白大褂，手持盒子枪，吊诡的是他们的脸上都蒙着一块黑巾，只露出眉眼。

外公心里一沉，糟了！他撞上传说中的土匪大褂队了，这些人不仅拦路劫财，还杀人不眨眼！

外公撒腿就跑。只听身后一声枪响，接着有人断喝："站住！再跑就打脑袋了！"

外公吓得赶紧就地趴下，一动不动。

那人又一声断喝："过来！"

外公抖抖索索地走过去，站到那帮人面前时，已是两腿筛糠。

为首的那人拿盒子枪点着外公的脑袋，说："跑什么跑？你两条腿能跑过枪子？"

外公结结巴巴，答非所问："大人饶命，大人饶命……家里人都快饿死了，这点口粮是救命的啊！"

那人听了这话，诡异地一笑："看你这劲头，不像快要饿死的人。你是'海里'哪庄的人？"

外公迟疑片刻，答道："蟹脐沟张家。"

"蟹脐沟的张家，祖上是苏州阊门外的？"那人念叨了一句，口气似有缓和。

外公连忙回答："正是正是，'红绳赶散'过来的。"

直到此时，外公才抬头瞄了那人一眼。黑巾之上，那人露出的眉眼看上去并不凶恶，反而有几分清秀，几分熟识。怪了，真的有几分熟识。外公不敢多想，赶紧收了目光，又低下头。

那人令手下从小推车上搬下一袋棒子，然后拍了外公一把，说："两袋棒子借你一袋，秋后归还。你可以走了！"他的声音听起来已不再恐怖，竟有几分耳熟。

外公如梦方醒，哪敢有半点儿犹豫，推起小车就跑。这一口气跑了二十里，到了小板跳的街面上，他才慢下脚步。

外公回到家，没敢把自己这次死里逃生的经历告诉家人，只说"海外"那边粮食也太紧张，十多块银圆就换了一袋棒粒子。也算老天有眼，一袋棒子救了急，好歹熬过了最难的关口，家里大人小孩保住了性命。

这年秋后的一个清晨，外公起床后推开家门，赫然见到门口的石阶上堆着满满的两个粮袋，上面还用石块压了张纸。外公的心里禁不住一阵颤动。念过私塾的他拾起那张纸条一看，其上写道：借一斗棒子救急，还两斗大米谢恩。

几十年之后，外公向我讲起这件往事。他说那个大褂队头目的眉眼让他想起一个人。我急问,那个人是谁?外公说,是个亲戚。我又问,什么亲戚?外公沉默不语。往后再也未提此事。

进　　步

外公家所在的村庄,本是海州湾依山靠海的荒蛮地界。外公的祖上,因明初的"红蝇赶散",从苏州阊门外迁徙至此。

经过几代人积累,这一族张姓人家攒下了一些山地或滩田。农事繁重,自然要雇些佃农帮工,于是村里陆续有了一些杂姓人家。

"土改"时,村里几户稍许富裕人家,都被划为地主富农。就连我外公家,只有十几亩薄田,也被瘫子里选瘸子,划为上中农成分。而那些后迁来的佃农,则成了根红苗正的贫下中农,从此翻身做主。

可想而知,在当时的大队和生产队里,张姓人的日子很不好过,任凭他们如何努力,像入党入团当兵这些好事,他们基本上是沾不上边的;而大队干部、民兵营连长、生产队长、会计等重要角色,更与他们无缘。

外公家的成分,虽说是可以团结的对象,却总归不在贫下中农的阵营,因此,我母亲年轻时一直要求进步,却终究未能实现。

外公外婆一生未育,我母亲是他们抱养的孩子。他们视若己出,节衣缩食,将她送到十几里外的乡里上高小,又送到三十里外的连云镇上初中。母亲初中毕业后,学习董加耕,执意回乡务农,成了当时全大队学历最高的女青年。

以母亲的学历和她义无反顾回乡务农的积极表现,理应得到大队的重视,但因为家庭成分的缘故,母亲的最高"政治面貌"止于"共青团员",再想入党,则比登天还难。

为了要求进步,母亲在生产队里的表现,如同一个冲锋陷阵的士兵，连自己的命都不顾。

以母亲生育我们兄妹仨时的情形为例，便可知道她在队里是如何干活的。

我是母亲的头生长子，母亲生我那年二十一岁。农历十一月二十，刚下了场雪，天气大寒，即将临产的母亲当天还在生产队的滩地里砍芦柴。她负责砍，我外公和另一个男社员负责打捆及扛运到路边。一上午，母亲砍了二十七捆芦柴，每捆重约百斤。

吃过晌饭，母亲还要去干活，在村里专为人接生的外婆拦住她，说丫头你说生就要生了，在家歇半天吧。母亲却说，妈我没什么感觉，没事的，队里的活耽误不得。外婆拦不住她，母亲又走下四五里路，继续到滩地里砍柴。砍了十六个柴捆后，母亲撑不住了，急忙喊我外公。外公和那男社员一人架一只肩膀，好不容易把我母亲架到家，母亲已面无血色，差点儿虚脱。

幸亏外婆是个接生高手，她似有预感，家里的接生准备一应停当。母亲到家后，外婆即把她安顿上床，说丫头啊，有妈在，你不慌！母亲此时正经历着阵痛，却累得连喊疼的力气都没有。外婆叫外公赶紧烧水，打了四个荷包蛋让她吃下。一个钟头后，由外婆接生，我顺利地来到这个世界。

生我大妹的时候，正是夏收大忙季节，母亲更是一时都没有耽误干活。晚上收工回来，外婆见她要生了，赶紧做了碗干饭给她吃下。也是仅仅过了半个钟头，大妹就出生了。

生我小妹那天，母亲在生产队的大场上摘地瓜。那年地瓜丰收，大场上的地瓜堆得像一座座小山，令社员们喜忧参半。不管怎么说，庄稼丰收了，值得一喜，但一想到以地瓜当主粮，过"瓜菜代"的日子，自然忧心忡忡。摘地瓜属于轻活，体现了队里对一个孕妇的照顾。不过干这活收工晚，天都黑了，大场上还亮着汽灯，继续干。母亲从中晌摘到晚上七八点钟，没有歇手。这时候，她突然觉得肚子疼了，而且一下子疼得痉挛起来。她想站起身，但下身已经有一股热流涌出来。她想这下糟了，孩子怕要生在大场上了。母亲急了，叫喊起来。幸好场上还有别的女社员在干活，有两个人慌忙把她架起，朝家里送。还好，进了家门，孩子才落地，母亲的裤腿早已被血水湿透了。

几十年后，母亲回忆起她的"进步"历程，仍是唏嘘不已："那个年代，为了要求进步，真是不要命了！"

只有一次，她似乎接近目标了。那天大队的党员干部开会，讨论两个积极分子入党事项。这两个人一个是我母亲，一个是大队会计的堂妹。名额只有一个，二选一。

后来当然是我母亲落选，但她被否决的理由却让人目瞪口呆。据说在讨论时，两个人的支持率本是势均力敌，这时，一位大队支委发言，说那个大队会计的堂妹特别会逮虱子，经常给社员逮虱子，而我母亲这一点不如她。

于是一锤定音，我母亲因"不会逮虱子"惨遭淘汰！

板　　栗

三十年前的一个寒冬腊月，我从省城的学校赶回家过年，见到多日思念的母亲和妹妹，既感到高兴又心酸不已。母亲老得太快了，四十多岁的人，头发已白了大半。那时，父亲在千里之外的内地工作，一年只有一次探亲假；母亲在生产队干活，又要拉扯我两个未成年的妹妹，日子过得非常艰难。

两个妹妹，一个十三岁，一个九岁，都单薄清瘦，但蛮有精神。一进家门，小妹就跟我说："哥，我长高了，你量量看。"说罢就站到板门的后面，把手压在头顶比给我看。那门上有我上次临走时给她刻的身高记号。不错，是长高了一截。

我一把抱起小妹，逗道："你是不是每天早上起来，都要喊'门神爹、门神娘，叫我长门高'？"

小妹头摇得像拨浪鼓，说："喊那有什么用，俺妈说长个子要靠饭食顶哩。"

母亲在一旁看着我们兄妹，脸上露出欣慰的笑容。我心里明白，我们的成长，都是母亲熬心费神供出来的。

晚上，一家人围着火塘坐下来，母亲不住地端详我。好一阵，她才说："儿呀，你瘦了。"说罢，背过身，撩起衣袖擦眼。

我心里酸酸的："妈，你咋了？"

母亲忙说："没什么，叫烟熏的。"

大妹在一边告诉我："咱妈成天念叨你，怕你在外面挨饿，怕你瘦了、病了；一到吃饭时，她常自言自语'你哥这当儿不知吃饭没'；她说你在学校吃的是'定量'，不像在家，还能找点儿粗粮野菜什么的掺和着吃……"

儿行千里母担忧啊！我的眼睛润湿了。母亲啊，比起你身心的重荷，儿子在外面受的一点委屈和辛苦算得了什么？

一阵沉默之后，小妹耐不住了，说："哥，咱妈还留了一篮板栗挂在那，说等你回家过年就炒了吃。"

"哼！成天惦记着那篮板栗。那天你搬凳子去够篮子，跟馋猫似的，要不是我吭一声，怕留给哥哥的栗子一个也不剩了。"大妹拨了下火，故意奚落道。

小妹委屈地望着我，嘴里嘟哝着："谁是馋猫？人家不就想看一看嘛。看看有没有被老鼠偷吃了，看看……你一叫，吓得我险些跌一跤。其实那凳子矮，篮子我够不着，连栗子都还没看见哩。"

"老鼠，老鼠会飞？能爬到那么高偷板栗？恐怕说这话的人就是偷嘴——老鼠。"大妹故意摇着头，又刺激她一句。

小妹急了，一个劲地分辩着。

母亲打圆场:"你姐逗你的,看把你急的。"接着,对我说:"那篮板栗是你两个妹妹上山捡的。那天真不巧,下了场急雨。你两个妹妹都被雨淋出病了……"

我心里一阵感动:"妈,早该把板栗炒给妹妹吃,留这么久干吗?"

母亲叹了口气,说:"家里有好吃的东西,你们兄妹仨只要有一个吃不到,我心里就不安稳。"

"哥,板栗收得越久就越甜吧?"小妹的眼里闪着火花。

我点点头:"是的,板栗要收干了才甜。"

这时,母亲站起来,走向光线昏暗的里屋。

小妹一下子蹿起来,雀跃着跑到母亲的前边,得意地喊道:"炒板栗吃喽!"

大妹跟在后面,还是逗她:"馋猫……馋猫……"

我走到房门口,借着火塘的光亮,看到里屋的横梁上挂了只提篮。小妹已经把凳子端到篮子底下,没等我过去,母亲早站到凳子上,踮着脚,把篮子够了下来。

小妹双手接过提篮,就跟大妹一起高兴地跑到外间去了。我连忙过去,把母亲从凳子上扶下来。

等我和母亲走过去,却意外地看见两个妹妹正对着提篮发呆。

"妈,板栗都让……让虫子吃了……"小妹望了母亲一眼,止不住哭了,瘦小的身子颤抖着,泪珠映着一星火光滚过她瘦瘦的脸颊。

大妹默默地从她胳膊上接下提篮,埋着头一声不吭。

母亲迟疑了一下,还是走过去,把篮子从大妹手里拎过来。那是一篮大小参差的板栗,栗子上满是白色粉屑,丝丝绒绒的,那白屑下面就掩着一个个蛀洞……

母亲将提篮掂了掂,心疼地叹息道:"我好糊涂呀,板栗是忙劳骨,收在那时间长,要经常动一动它才不生虫子……唉!我好糊涂……"

也许是母亲的手抖得厉害,提篮"扑通"一声落到火塘里。火苗一下子蹿得老高。

母亲伸手要去拎那已经燃着的提篮。我一把拦住她:"妈,别动,让它烧吧!"

火烧得很旺,屋里亮堂了许多,满屋弥漫着板栗的香味。我把小妹拉到身边,轻轻拭去她脸上的泪水。

我突然感到,自己的身上盈满了力量。

看　　簖

外公家所在的村子,背靠云台山,东去七八里,就是黄海。那地方河网交错,芦苇丛生,盛产各种鱼类和螃蟹。

外公是村里逮螃蟹的头号高手。他逮蟹的工具叫簖篓。一围簖,把河的下游拦腰截住,上面倒扣着几只篓,鱼类和虾兵蟹将经过簖上,就被"断"住了,顺着簖上的一个豁口往里钻,便钻进了一个迷魂阵;螃蟹仗着自己能够爬行,竭尽全力往上爬,结果爬到倒扣的篓里,再也逃脱不了。

外公看簖有年头了,生产队时就看。到后来,搞承包,他别的不包,偏偏把这围簖包了下来。他孤身一人,在这远离村庄的河边搭了间丁头小舍,昼天黑夜守着这围簖。

这条河盛产螃蟹的辉煌时期早已过去,野生螃蟹变得越来越金贵。外公的簖上每天逮上十来只蟹,早有鱼贩子盯着,高价收购。因有这围簖,外公的日子过得知足而有乐趣。

闲着的时候,外公就坐在小屋前编篓。这活是外公的拿手戏。那些削得光滑溜溜的竹篾子在他手上像银蛇一样飞舞着,慢慢地缩短，而篓子越来越大，不觉就成了形，立起来有一人高。到了傍晚时分，他才停住手中的活，歇口气，直直腰，而后顺着跳板到簖头上取蟹。

碰巧哪天鱼蟹逮得多了，外公就要乐呵呵地喝两盅。他喝酒有个酒友，姓张，是个水利部门的退休工人，在离这儿一里多路的上游看水闸。

这个夏天的傍晚，天气好闷热，水里的鱼蟹们也似乎闷得难受，昏头昏脑地纷纷朝簖篓里撞。外公把几只篾篓收下来，居然有十多斤的收获。他好不高兴，当下挑了几只大母蟹下锅，随后就站在河滩上招呼老张。

"天要下雨了。"外公望着阴沉沉的天空，捶了捶背，自言自语道。他点了根驱蚊的艾绳，坐在石台上左等右等，不见老张的影子。

"嗨！看我这记性。"外公忽然拍了拍光光的脑壳，恍然想起，大老张的老伴最近病了，他前天就回城去了。

那场雨是晚饭后下的，瓢泼下来似的一夜没停。天蒙蒙亮，外公便爬起床，披上雨衣往外跑。

还好，他的簖还在！水已经漫到簖篓的顶部，影影绰绰地看见它们在洪水里无可奈何地摇摆。

外公心里有数，他的簖是因为上游的水闸挡了洪水，才没被冲垮的。说不上是感激还是想起老张的关照了，他冒着倾盆大雨，跟跟跄跄地朝水闸赶去。

一到闸边，外公呆住了。一夜工夫，闸里闸外，变成了两个世界。小闸上游，一片汪洋，河边的田地都被淹了，田里的庄稼只看见短短的梢头。

外公一时啥都顾不上了，顺着又陡又滑的梯子爬上闸顶。他推上了启动闸门的开关。"轰"的一声，巨大的水流飞泻而下……

外公不忍朝簖的方向望，软软地瘫坐下来。

大水过后，河面又恢复了往日的宁静，几根簖桩孤零零地立在水中……

表　　侄

20世纪90年代中期，我开了家"海马"歌舞厅。一位多年未曾联系的表哥找到我，说他儿子十七八岁，初中毕业，闲散在家，要我找点事情给他做。我说你得空把小孩带来吧。

第二天傍晚，舞厅刚上班，他就把儿子带来了。孩子名叫小海，中等偏上个头，五官清秀，表情腼腆，到我跟前怯生生地喊了一声"表叔"。我点点头，对表哥说："这孩子当保安有点嫩了。不过我这里也没啥负重的活，留下来看看门吧。"

我听父亲说，表哥家的老辈早年闯关东，去了北大荒，前几年他们举家从东北迁回赣榆乡下老家，日子过得艰难，能帮一把就帮一帮。其实舞厅已经有派出所安排的保安，再找个看门的纯属多余。

小海是个乖巧的孩子，看出我给他这份工作，是有心帮他家一把。他在做好看门值守之余，还每天提前上班，帮助服务员打扫卫生，或到音响室帮帮手，干些调试包间音响效果这类的杂活。妻子当时负责舞厅的事务，对小海的表现很满意，用她的话说，小海这孩子"眼头带水"。

一年以后，舞厅的音响师跳槽到一家新开的大型娱乐中心，我们正打算再找个音响师，小海毛遂自荐，说表叔你别再花钱找人了，让我试试吧。

我将信将疑，让他试了试。没想到小海早已把音响室的操作流程熟记于心。他身手麻利、不慌不忙，活干得很漂亮。

原先那个音响师的工资差不多是小海工资的两倍。现在小海干了音响师的活,我自然给他加了工资。对此,表哥一家甚为感激。

又一年一晃过去了。这天,小海突然对我说:"表叔,我验上兵了,要到北京参军,不能再帮你做事了。"

我为他高兴,说当兵是好事呀,在表叔这里打工,总归不是长久之计。到了部队要好好干,干出点名堂!

我让会计多发两个月的工资给他,以示祝贺。

小海参军后,还给我及舞厅的工友写过信,寄了照片。后来,我从父亲及别的亲友处陆续听到他的一些消息:小海入伍不久,分配到汽车连学习驾驶技术,先是在空军地勤部队开货车,后来调到师部开小车,再后来,又给一位大首长开专车。大首长对小海非常中意,将小海送到军校学习,毕业后又要到自己身边,着意培养。

小海在部队当上了营职干部,转业后,凭着老首长的关系,留在北京某部属单位工作。再以后,小海在北京有了房子,找了个在某大机关做公务员的女朋友。他结婚那天,部队的大首长亲自到场,做他们的证婚人。

去年的一天,我无意中听父亲说,小海将他父母接到北京去住了。小海现在是某部属单位的正处级干部,实权在握,连市里的有关领导进京,都常到他那里走动。

大约在五六年前,父亲给我一个电话号码,说你常到北京出差,这是从你表哥那儿拿来的小海的手机号码,你到北京后,可以给他打个电话,跟他见个面。毕竟是你表侄啊,你那时又待他不薄,他还不把你招待得好好的。

父亲与小海的爷爷是亲表兄弟,对这门亲戚从来都极为看重。父亲的话,我当然要点头称是,就当着他的面,把号码输入手机保存起来。

可是,这五六年来,我去北京不下十余趟,却终究没有拨打小海的电话。不久前,我换了个新手机,整理了一下电话号码。小海的名字闪现时,我下意识地按了下"删除"键,那号码就再也不见了。

村野志异

掌 心 丹

云台山多蛇,最厉害的是蝮蛇,当地人叫秃灰蛇、土公蛇。灰褐色,短而粗,剧毒。

被腹蛇咬了,其命危矣!这时候,能救命的药叫掌心丹。

村里的张姓,是我的娘舅家,也是村里的大姓,有两户人家拥有掌心丹。那时候,四乡八里,只要有人被蛇咬伤,都要到这两家求治。后来,听说其中一家的药用完了,只剩下四舅一家。四舅家剩的也不多,大概有成人指甲盖那么大一块。放到现在,用克来计量的话,也就几克重吧。

掌心丹治伤,只要一星点儿。治毒疮、疔痈之类,用一根缝衣针,在火上燎一燎,针尖在毒疮四周均匀地挑几下,再用针尖在掌心丹上蘸一星末屑,点在挑伤处,贴上一块剪成小指甲大小的胶布,不几天,那毒疮必定消去。被毒蛇、毒蜈蚣咬伤,以同样方法,先截住毒液,以防蔓延;如毒已攻心,再用少许掌心丹调一小盅白酒喝下,命就可以保住了。

我八九岁时,看过四舅救治一个蛇伤病人。那人是邻村白果树的,据说是被蝮蛇咬着脚了,被一个壮汉背着,后面还跟着几个人，一路狂奔往四舅家赶。我和几个小伙伴当时正在村口玩耍，见此情形，便跟着看热闹。那人伤势危急，看样子已经昏迷过去，大小便失禁，我们隔得老远，就能闻到一股骚臭味儿。

那壮汉赶到四舅家，把伤者放下，便扑通一声给四舅跪下了："张四爷，求你救俺弟弟一命，俺这弟弟还没成亲了……"

四舅一把将他拉起："不用多说，救人要紧！"说罢，操起一把剪刀，将伤者的裤脚剪开，露出一条红肿的小腿。他不顾骚臭，凑近端详了片刻，又和壮汉一起把伤者抬进了里屋……

这个时候，闲杂人员是不许到里屋去的。我们等了一会儿，觉得无趣，便四下跑开了。大约过了个把钟头，见到那群人从四舅家出来了。伤者还是由壮汉背着，但已经清醒；一行人与刚才判若两样，皆喜形于色，步履轻松，危险已然解除。

四舅帮人治伤，是不收钱的。当然，那时候庄户人家一年只有年终一次寥寥无几的分红，平时也拿不出钱来。为了感谢救命之恩，伤者家人多数提一篮鸡蛋，或拎两只鸡来，四舅也不推辞。

四舅的儿子叫扣成，比我大几岁，因为常有鸡蛋吃，个子长得壮实。

扣成十三四岁那年夏天，变得神神秘秘。他的左手始终握着拳头，被一块手帕包裹着，见到人躲躲闪闪的。我们都觉得奇怪，说天气这么热，你手上还缠着个手绢干什么？你不嫌热呀？

在我们一次次软磨硬缠之下，扣成终于解开手绢，露出手掌里的神秘之物：一个煮熟的鸡蛋黄大小的小丸子。我们感到很失望，这是啥呀？能吃吗？整天握着它干什么？扣成说："这是掌心丹呀！我这是在炼丹，是我爹叫我炼的。"

掌心丹的神奇和威风我们是知道的，扣成承担的使命竟然是"炼丹"，他在我们的心里一下子高大起来。

直到成年之后，我对掌心丹的炼制过程，才有了更多的了解。

原来，这种药丸由七八味中药配成，搓成鸡蛋黄大小。不炼，这玩意就永远是药丸子；炼了，才成为"丹"。炼就这种"丹"，既不需要太上老君那样的炼丹炉，又不能任其自然发酵。需要的是一只手，将药丸子握在手心，过上整整三年的伏天。丸子被掌心里冒出的汗水煮熟了，被劳宫穴之精气攻透，颜色也从蛋黄色变成了紫褐色，这时，如果没有意外的话，丸子才炼成掌心丹。

可是，掌心丹的传承太讲究，也太容易出意外了。首先是传男不传女，握药丸子的手，必须是十多岁童男子的左手，这童男子必须是自家的亲儿亲侄。这些还好办，最容易出纰漏的是，炼丹者将药丸子握在手中，绝不允许与家人以外的任何女性接触，万一避之不及，撞对面了，也要目不斜视，趁早远离。据说这是严防炼丹的童男子动了邪念，精气外泄；据说"丹"炼得成与不成、灵与不灵，关键在于此。难啦！这个年龄段的男孩正是青春萌动、想入非非、精神十足的时候，你锁他一天两天可以，十天八天还行，可这是三年的伏天呀，三三如九，九十个酷热的白天和黑夜，总不能把炼丹者整天锁在家里吧？

听说最初四舅让扣成炼"丹"，儿子还是配合的；但到了第二年，扣成就不太情愿了；到了第三个伏天，扣成就跟他爹闹别扭了。那时，大我们几岁的扣成已经不愿意带我们"这些小毛孩子"玩了，他跟他爹如何吵闹的，我们没有亲眼所见，也没听他自吹自擂，只耳闻个大概。扣成的意思是，那块手绢裹住的不只是一只手，而是他的整个身体，叫他动弹不得，叫他失去了自由；他觉得很委屈，仿佛旧社会的小女子，被裹住正在发育的脚。他爹软硬兼施，最后答应为他攒钱娶媳妇，扣成这才把最后一个伏天坚持下来。

药丸子在扣成的手心里历练了三个伏天，炼成了紫褐色的"丹"。但这枚掌心丹的功效，却大打折扣。一般的毒疮及蜈蚣、蝎子乃至青梢蛇等咬伤，都还能够对付；而对蝮蛇咬伤，却基本无效。这到底是哪个环节出了问题，四舅疑惑重重。

村里有个传言，在扣成炼"丹"的第三个伏天，某一个燥热的夜晚，有人看到他溜出了家门，在清凉凉的涧沟边，跟一个光溜皎白的身影拥到了一起……那夜月色朦胧，那个姣美的身影是谁家的闺女还是小媳妇，传者讳莫如深。不过有人断言，那个夜晚过后，扣成就不再是童男子了……

20世纪80年代，四舅家祖传的那点掌心丹用完了，四舅便再也不帮人治毒蛇咬伤了。有人提及扣成炼的那枚掌心丹，他便断然喝住：人命关天，绝非儿戏！那东西早让我扔了！

炸　　狐

每年冬天，狗咬子都要发一笔小财。

狗咬子姓张，是个三十来岁的光棍汉，刀条脸，小个子，精瘦。他大号叫什么，记不得了。论辈分，我应该叫他舅。他有个瞎老娘，我叫她三舅奶。

这人身体弱，干不动体力活，大人们一般不拿正眼看他，做庄稼活也不带他。他只好跟小孩玩。村里十来岁的小孩在一起捉迷藏，他常混迹其中。晚上，我们一帮小孩在离他家不远的地方，喊一声"藏奔奔喽"，他只要听见，哪怕正在吃饭，也会把饭碗一推，跑出来跟我们玩。急得三舅奶摸到门口叫唤："狗咬子呀，你个没出息的，你三十大几的人，跟一帮小孩玩什么，你快给我回来……"

我们还在一起玩"捣拐"。这种游戏的玩法是这样的：一条腿金鸡独立，抱起另一条腿，膝盖对膝盖相互顶撞，谁撑不住了，直接倒地或两只脚都着了地，就算败下阵来。狗咬子个头小骨头硬，且身体刁钻，会躲会闪，往往让对手吃亏上当。对手一着急，便没大没小地叫唤："狗咬子，耍赖皮；大男人，没出息！"狗咬子并不恼火，照样跟孩童打成一片。

狗咬子家住在村子最西头。再往西两三里，是一个山坳，叫虎口岭，地形险峻，人迹罕至。传说多年前，这里曾有老虎出没。我小时候，也就是20世纪70年代，虎口岭早没有虎了，但名头还在，偶尔还有狼迹，最多的是狐狸。夜幕一降，狐狸便出来活动，远远近近传来婴孩啼哭的声音，十分瘆人。那是狐狸发情求偶时发出的声音，相当于人类唱着甜蜜的情歌。

从古至今，狐狸成精的传说很多。村里人对狐狸多有忌讳，不到万不得已，一般不会打狐狸的主意。但狗咬子却不信这个邪，偏偏要跟狐狸作对。

狗咬子有个祖传的偏门绝技，就是炸狐狸。他的父亲因为炸了一辈子狐狸，被人诌了个诨名，叫"老狐狸"。他父亲死得早，狗咬子子承父业，甚至比他父亲还精于此道。

狗咬子炸狐狸用的小炸子，只有核桃大小，用火硝、木炭之类配制而成。配方是祖辈传下来的，看似精巧，威力却不小。外面涂上猪油或獾油，择好僻静地方布置下来。狐狸闻其荤香，垂涎而来，一口咬下去，只听一声闷响，它的尖脑袋就被掀开了盖，即使剩下一口气，拖着尾巴逃走，也不会长久，只要顺着血迹寻去，必定捡到"彩头"。

狐狸的狡猾是众所周知的，它们来无踪，去无影，不留一点儿痕迹。然而，道高一尺魔高一丈，狗咬子好似有种特异功能，能凭自己的鼻子，闻到狐狸的骚味，据此判断它们的活动路线。大凡在这线路上布下小炸子，过一个晚上，第二早再去捡彩，狗咬子从没有空手过。

炸死的狐狸拎回家后，狗咬子在其嘴上穿一根麻绳，挂在树杈上。又在炸伤的尖嘴上切开一个豁口，从皮下运刀，将皮肉分开，只一袋烟工夫，就把一张狐狸皮完好无损地剥了下来。

刚剥下的狐狸皮，要塞满当年的新鲜稻草，挂在通风干燥的地方晾晒。狗咬子家有处废弃的老屋，房顶早就揭了，只剩下空空荡荡的四壁，这时派上了用场。我曾经到那老屋里看过，狗咬子在墙框上钉了楔子，拉了几根线绳，上面都挂着一长溜儿狐狸皮，有黄褐色的，有白色的，足有二三十条。因为皮子由稻草撑着，加之毛皮鲜亮，那绳子上挂着的，恍若都是活着的狐狸。

冬天，是狗咬子的季节。这时节，山上的蛇虫都已入蛰，狗咬子在虎口岭满山遍野地转悠，不用担心被毒蛇、蜈蚣咬伤。而此时，狐狸为了御寒，在秋天脱了一层毛之后，已经换上了最厚实最光滑的毛皮。平常，一张狐狸皮的价格是五元钱，公社收购站的老陈吹毛求疵，还把皮子翻过来倒过去地看一遍；一张"冬皮"的价钱却是十元钱，老陈收到这样的皮子，拿在手里掂掂，便喜得嘴都咧到了脖根："这皮子，够斤两！"

狗咬子发了小财，心里乐滋滋的，就顺便拐到供销社，称上二斤条酥、一斤红糖果子带回家。二斤条酥孝敬瞎老娘，红糖果子则分给村里的小孩，差不多人人有份。

20世纪70年代末，村里开了个采石场，经常开山放炮，虎口岭的狐狸越来越少，狗咬子只好翻山越岭，到云台山更深处去下炸子。那年冬天，狗咬子进山后，当天没有返回；又过了一天，还是不见踪影。他的瞎眼老娘急慌了，第三天一大早，就摸摸索索地赶到大队部求救。大队支书也不含糊，当即打开广播喇叭，通知全大队所有青壮年上山搜寻。可是，当大伙顶着凛冽的西北风，赶到虎口岭的东山咀，竟看见狗咬子正一瘸一拐地从山上走下来……

对狗咬子这两天两夜的经历，村里有两种传言。一是说狗咬子下的炸子儿被神不知鬼不觉地挪了位置，在他进山必经的一处悬崖口，他一脚踏在自制的小炸子上。"嘭"一声脆响，狗咬子猝不及防，猛一跳，失足跌落悬崖。众人猜测，在那罕有人烟处，挪动小炸子的除了成精的狐狸，还能是什么？幸好狗咬子先是跌在一棵茂盛的大松树上，起了个缓冲作用，所以落地后并无大碍。

还有传言说，山上有积雪，路滑，狗咬子是自己不小心滑倒摔下悬崖的，当时就摔得人事不知。等他苏醒后，感觉身上暖烘烘的，睁眼一看，发现身前身后紧偎着一黄一白两只肥硕的狐狸。原来是狐狸以德报怨，救了他的命。否则，在这数九严冬里，他即便没有摔死，也熬不过两个寒夜，早就被冻死了。

对这两种传言，狗咬子既不点头也不摇头，连他老娘从他嘴里也问不出个究竟。但从此以后，狗咬子再也不炸狐狸了。

墙　　鬼

"砰"的一声，油灯掉地上碎了。

黑暗中，炳福一扫刚才的兴奋，盯着面前新抹的黄泥墙，呆若木鸡。

墙变得绿莹莹的，似无数个夜猫眼，直刺他的心。

狗小呢，业已吓得两腿打战，不自主地抽动某根神经，体验了一次紧张的快感，把裤裆弄得黏黏糊糊。他今年十四岁，还是头一回经历，接着便陡生与年龄不相符的惆怅，后悔自己将墙上一行歪歪斜斜的字辨认，一字一顿地念给父亲听。

忽然就有一道光柱划过来。必定是民兵连长周有德。

父子俩这才从痴态中惊醒，慌慌张张想移步。

光柱已从两个人脸上晃过。周连长笑嘻嘻地凑过来："大喜的时候，你爷俩撇下客人，跑这里作甚？"

周有德的到来顿时把炳福的一身瘦肉惊得直颤，脚下如鬼打墙，前挪挪后退退，总不出半步。

是把他引开，还是就地向他报告？炳福犹豫不决。

狗小早已溜到一边，怕的是手电光照到他的裤裆，那里潮乎乎的。

周连长自然觉出这两个人的神情有些不对，立即警惕起来。

"他有德叔，你的酒喝好了？"炳福前移一步，脸上堆着笑问道。

今天是他家的新屋落成，周连长是"请吃"的要客。

"酒足饭饱！"周有德淡淡一笑，象征性地打了个饱嗝。却并不放松警惕，把全村独一无二的那支"高光"手电又左前右后一照。

这就发现了那盏跌碎的油灯，同时见那两条瘦腿抖如筛糠。

他当然更觉炳福形迹可疑，手电光越发活跃，忽前忽后，忽上忽下，四处照射。

墙上那行字很快暴露于光辉之下。

"打倒……"

果然见出修养，一句话念了一半，周连长倒抽一口冷气，眼便绿了："反标！"

他冲上去，当胸一把将炳福揪住："好啊，你反动啊！"还及时从腰间掏出一只口哨，"嘟嘟嘟嘟"吹得响声激越。

"他……他有德叔，慢着慢着，俺告诉你……这不是俺……"

"哼！你想抵赖？叫你抗拒从严！"就一巴掌扇在炳福脸上。

这突然一掌，打得炳福两眼由绿变红，猛地迸出一股热血。

"你凭甚打人？！"他反手将周连长的手腕卡住，猛地一推，竟让连长向后踉跄数步。

吃客们听闻哨声，争相赶来。

先头赶到的是两个基干民兵。眼前的情形让他们莫名其妙。

只见周连长踉跄过后,把手电筒直对炳福,一声令下:"给我抓住他。"

两个基干民兵便一边一个下了手。可怜炳福的两只胳臂立即被扭到背后。

一时,围观者大惑不解,暗中叽咕不停。其中一个斗胆发出疑问:"凭甚抓人?凭甚抓人?"

手电光便移到他的面部。

"给我滚出来,玻璃七!"周连长喝道。

玻璃七吓得缩住脖子,哼哼唧唧,从人群中"滚"了出来。

此人身子圆,脸圆,两眼也圆,极易使人想起小孩玩的玻璃弹子。

"你说什么?凭甚抓他?你给我看看这墙上写的啥!"

玻璃七被提着耳朵,拽到墙根。

他顺着光照,眼珠滴溜转了半天,竟无半点反应。

周连长这才想起他是个睁眼瞎,扁担长的"一"字都不识,便一脚踢过,骂道:"眼睁得跟牛蛋似的,鬼用没得。"

玻璃七"哎哟"一声,捂着屁股跑开了。

周连长又一声断喝:"站住!你回来给我在此地照看现场。"

众人咀嚼不透"现场"一词的含义,仍旧疑道:"这墙上……"

周连长一挥手:"都滚,给我滚开,这墙上出了反标,有甚看头!"

众人听了这话,如梦方醒,谁也不敢招惹是非,一时散尽。

随即周连长就把炳福押解到队部审讯去了。

黑洞洞的三间新屋,只剩下玻璃七一人守候。

却说玻璃七在黑暗中坐了一会儿,陡然感到一阵阴冷,后脊梁渗出汗来。他再哆哆嗦嗦地盯那墙,忽觉上面绿莹莹地发光。

这一下非同小可，他脑瓜里一闪，就闪出那贴墙鬼的故事：绿莹莹的身子，笆斗大的脑袋，血盆大口……

玻璃七心一慌，竟发觉一个贴墙鬼已到了眼前，张牙舞爪地朝他扑过来。

"鬼呀！"玻璃七怪叫一声，夺路而逃。

外面月光朦胧。他高一脚低一脚，一路狂奔，直到望见队部里的灯光，才慢下脚步，缓了口气，手还往后摸摸，发觉后脑勺尚在，未伤一根毫毛，就咧嘴一笑："我苦大仇深。"

当时又觉出一泡屎已夹在腚沟，便就地一蹲，闭上眼，专心致志地向下用力，尽情体会其中的快感。

过后自然轻松愉快，就慢慢悠悠地提着裤子站起来。却刚一抬头，便觉头顶白光晃动。定神一看，见是左右两杆枪上了刺刀，如临大敌一般地直对着自己。

"我告饶啊。"玻璃七吓瘫了，一屁股坐下去，又被提住后衣领拎了起来。

"好你个玻璃七，叫你看现场，跑这来拉屎！"

听声音是周连长，他才稍许镇静："我，我……"

"你说，咋跑这来拉屎？"

"我骇死了，连长，那屋里有鬼，贴墙鬼！我看到墙鬼了，骇得跑出来的。"

"狗屁，有甚墙鬼！"

"真的有墙鬼，笆斗大的头，血盆大口，浑身绿莹莹的。"

"你小子作怪，有你好颜色！"周连长当然不相信。

"我作怪？作甚怪？我苦大仇深！"玻璃七一着急，从连长的手里挣脱出来。

"唔……"周连长皱了皱眉头，若有所思。接着把手电往前一照，没好气地说，"走吧，我们正要去查看现场，你走前面。"

于是一干人又直奔炳福家的新屋。由两杆枪开道，逼近那个墙根。

手电光忽上忽下，忽左忽右一通照射。光溜溜的黄泥墙上，居然一个字也不见了！

又去寻地上那跌碎的油灯，顺着墙根往上查看，仍然没有任何痕迹。

"咦？撞上鬼了。"周连长似乎大失所望，气得一拳砸在墙上，落下深深一个窝儿。

一干人呆若木鸡，盯着面前的黄泥墙。

墙变得绿莹莹的，似无数个夜猫眼，直刺他们的心。

小 村 人 物

支 书

村中两大姓，一章一汪。

新中国成立前，章姓统治汪姓。新中国成立后，汪姓翻身做主。

支书姓汪，已经当支书不少年头了。

做久了官，自然就有了策略，官威于一举一动中流露出来，就是坐着不动，官的气息也会弥漫开去，直透人心，叫你打哆嗦。汪支书在这方面是有真功夫的。比方这会儿，汪支书躺在办公室的真皮沙发上闭目养神，春兰空调定在二十八摄氏度，黄大氅披在身上，何等惬意！外面，零下十几摄氏度，一干人已经领了他的指示去奔忙，并不因为天寒地冻而有半点怠慢。

领衔任务的副支书汪大喜，是支书的近侄。其他几个人分别是村会计、治保主任、妇女主任和村电工，还有一个是村部预备驾驶员学军，支书没有指派他，他是自个儿非要跟去的。学军是支书儿子，说他是预备驾驶员，是因为村里已经花钱让他学了驾驶证，但一时又没有适合的车让他开，他只好预备着。学军有过话，低于桑塔纳这个档次的车，他是不屑开的。

五天前，村里开进来一辆崭新锃亮的桑塔纳，车主叫章四坤，村里采石场的承包人。村民买轿车，这在本村乃至全乡，还是头一宗。

学军看那车，心痒痒，手也痒痒，实在忍不住，第二天就去找四坤。

"四哥，把车给俺遛一圈试试。"村里拐弯抹角都沾亲带故，学军想好事，嘴放得鲜甜。

"你那二角毛子手，还想开俺这车！"四坤坐在高靠背转椅上，眼皮抬都不抬，脸上也呈现出一股官的气息。四坤的办公室足有七八十平方米，地上铺的是一种叫紫罗红的大理石，他面前的桌子也大得惊人，有两张八仙桌那么大，桌面是一种叫黑金沙的大理石。他是采石场的场长，有的是这石那石。办公室里有一台立式空调，温度打在最高档。四坤的态度，与这屋里的温度形成强烈反差。

学军哆嗦一下，像遭了霜打似的。他没想到四坤会这么不给他面子。

"四坤，俺×××，叫你这么狂！"学军心里骂道。他不知道自个儿是怎么走出那间大办公室的。出了门，他才听见自己的牙咬得咯嘣响。

汪支书表现出的涵养毕竟比儿子强得多。

学军窝了一肚子火，一路骂骂咧咧地回到家。支书看在眼里，并不表态。支书毕竟支书了这么多年，看问题可谓入木三分，干什么事都要讲究个策略。四坤这小子能有今天，没有他支书的关照能成吗？四坤当初承包采石场，是他支书点的头。四坤把事业做大，逢年过节，从来没敢怠慢过他。细账不算，现钱哪年也总有万儿八千的，他还兼着采石场的名誉董事长嘛。四坤要改造办公室，也先到村里请示了。当时正值三伏天，他只不过暗示了句"这屋里热得坐不住人"，四坤便把意思领会了，没过两天，就先帮他办公室安了空调，连真皮沙发也顺带配了一套。尽管后来四坤把自己的办公室收拾得跟宫殿似的，让支书感到一丝不快，但支书目前这条件早超在别的村支书前头了。支书对自己的权威性更有了由衷的满意。

四坤这次买轿车回村，连个招呼都不打，支书的不快是有的，但长期积累的官场艺术和涵养让他镇定自若，并没有把不快暴露出来。他稳坐钓鱼台，他想四坤会很快开着桑塔纳，到村部来向他报到的。

但是出乎意料，支书等了一天，四坤没有来；等了两天，四坤还没有来。到了第三天，副支书大喜来到他的办公室说："叔，俺看四坤这孩欠收拾。"

"他招你惹你了？"

"头上长角了。"

"不至于吧？"

"哼！看他狂得，买了辆小轿车回来，学军要开出去遛一圈他都不让，这孩子是眼里太没有人了！"

"哦……学军他手痒痒，你别跟他一般见识。"

"这个不说，这几天下来，他连到你这打个招呼都不打，他这不是瞎了狗眼吗！"

支书摆摆手，说："不慌。"

姜毕竟是老的辣，这话没说错儿。到了第五天上午，四坤还没有来，支书于不动声色中，一套方案已成竹在胸。

他把大喜叫了过来，说："看来，是该给他点颜色看看了。"

"早该收拾他了。叔，干脆俺带几个人把他车子开过来，他给也得给，不给也得给。"大喜兴奋得一副磨刀霍霍向猪羊的样子。

"不妥，凡事要讲究个策略，动手来硬的，性质就变了。"

"那这事……"

"这就需要策略了。你说四坤这几年屁股底下干不干净？不用说吧，还是那句话，说他有他没有也有，说他没有他有也没有。"

大喜让支书绕口令似的话绕得有些糊涂。

支书敲了敲桌子，一字一顿地说："既然他屁股底下不干净，就要想办法掀他的老底，跟他打个心理战。"

支书随后点了几个人的名字，说："你把这几个人带上，只管到他那儿去一趟，坐在他办公室里闲扯就成。"

"闲扯？"大喜还有点云里雾里。

支书对侄儿的言传身教可谓用心良苦、不厌其烦。他说："你想想，俺点这几个人是干啥吃的？"

大喜摸了摸头，想道：支书点的几个人，一个是村会计，算经济账的；一个是治保主任，管抓赌抓嫖；还有一个妇女主任，管的是计划生育；电工嘛，管拉电闸……嘿！大喜大腿一拍，真的一阵暗喜，这几条追究起来，要找他四坤的碴儿还不是小菜一碟？他不得不为支书的策略所折服。

不出所料，大喜领人到采石场转了一圈后，第二天一早，四坤开着桑塔纳来到了村部。

"章厂长呀，你现在越来越不简单啊。"支书的话意味深长。

"有啥不简单的，还不是靠您老栽培……天这么冷，这车子就先留给你老用着。"四坤的态度很诚恳。

支书当然就笑纳了。

几天后，由学军开车，送支书到乡里开会。支书这辆桑塔纳，让别的村支书好一阵眼热。支书脸上光彩照人。

散了会，吃过喝过，支书刚准备上车打道回府，乡长走过来把他叫住了，乡长的身边还站着乡纪检书记。

乡长说："老支书呀，你村里那个承包采石场的章四坤，跟我在党校经济函授班是同座位的同学，在你手下，往后给我点面子，照顾照顾哟。"

"咦？没听四坤说过这事呀！"学军在一边插嘴道。

支书瞪了儿子一眼，说："四坤嘛，不错，这孩心眼灵，不错的，既然乡长关照，俺心里还能没数？"

回来的路上，支书闷闷不乐，一言不发。

到了村口，支书对儿子说："把车开给四坤。"

学军瞪大眼望着他，大惑不解。

"听见没有？开采石场去！"

小不忍则乱大谋，这样的策略支书当然烂熟于心。不过这话他没跟儿子讲，这孩儿没经历过多少事，他不懂这个道理。

支书下了车，只觉得一阵寒风袭来，浑身冻得直打哆嗦。

石　　枕

白果村唯一出过国的人是大扣。要说他出国去的地方，那别说村里乡里，就是全县也不一定还有别人去过。

他去的是玻利维亚，南美洲一个遥远的国度。

大扣他爹在玻利维亚。

大扣他爹是黄埔军校后期的毕业生，授了个少校军衔，却并没有实职，长时间在家赋闲。一九四八年冬天，海州解放，大扣他爹撇下妻儿，夹着尾巴逃跑了。

一去三十多年，杳无音信。村里人都把这人给忘了，以为他早已不在这世上了。他爹逃走那年，大扣三岁。大扣是独子，他娘再也没有嫁人，一手把他拉扯大。孤儿寡母，家里成分又不好（划成分时，他家被划为富农），日子的艰辛可想而知。好在大扣争气，念书念到高小，再念不起了，十三岁开始学石匠手艺。他为人勤快，手又出奇的巧，采石场汇集了村里村外百十号石匠，他是公认的能工巧匠。

在石匠活里，大扣还有一绝，他最会凿青石枕头。

石枕看上去简单，凿起来可有奥妙。经过大扣凿出的石枕，凹凸有致，线条柔和，光滑如镜。周遭有患失眠、夜游一类病症的，请大扣帮忙，做个石枕枕上，大扣有求必应。他只要朝那人看上一眼，就能根据其性别、年龄、个头、头形，做出一个合意的石枕。那枕头枕起来舒适宜人，真的能叫你梦乡安宁朝气如虹。村里的交杠大爷，八十多岁时请大扣凿了个石枕，一年枕下来，满头白发转成乌黑，腰板也硬朗了许多，如今九十六岁了，还活得自在，一口好牙，吃嘛嘛香。

大扣有个能挣饭吃的手艺，人又长得清清爽爽，虽说成分高，讨媳妇却颇为顺利。他媳妇叫云枝，是外村的，家里成分好，长得俊俏，大眼溜灵，却直心眼儿，只见了大扣一面，就不问家庭成分高低，认定这辈子非他不嫁。

两口子勤劳持家，日子过得清苦而有滋味。村里刚搞责任制那会儿，大扣和他媳妇的勤快发挥了优势。白天，他俩一个在山上采石头，一个下田干活；到了晚上，两个人披星戴月朝山下抬块石。一揸厚、一米见方的块石，卖给那些收石料的外乡人，一块一元钱。三四年攒下来，他们家盖起了村里第一幢两层小楼。

他们生养了四个小孩，大的是个闺女，老二是男小子，第三胎是对双胞胎闺女。四个小孩都由大扣娘照应着长大，老人对孙子小培疼爱有加。女孩大了是别家的人，而唯一的孙子小培才是他们家传宗接代的独苗，这不难理解。

村里上了岁数的人还发现，小培的眉眼越长越像他三十年前失踪的爷爷。

大扣家的平静日子叫一封信搅乱了。信是大扣一个嫁在外乡的老姑专程捎来的，据说是从香港转道而来；信并不是写给大扣和大扣娘的，而是写给大扣老姑的。

信是大扣爹写来的，他还活着。

原来大扣爹从村里逃走后，先到了上海，几个月后又跟船到了台湾，在台湾混了十多年，也没混出什么名堂，后来干脆去了南美，先是在巴西、阿根廷落脚，直到20世纪70年代才在玻利维亚扎下了根。在巴西的时候，大扣爹跟一个祖籍上海的女子成了家，生了一男一女，女孩十八九岁了，男孩只有十二三岁（跟大扣家的小培年纪差不多），他在玻利维亚经营着两爿店，日子过得富足。信中还夹了一张来自国外的彩色全家福，照片上的大扣爹比早些年发福了，看上去跟大扣差不多年轻，他的后妻的容貌可以说是仪态大方、端庄美丽。

这消息让大扣一家人又惊又喜。大扣娘却隐隐地生出些许担心。

两边既通了音信，来往的信函就越来越多。果不出所料，大扣爹思乡心切，但因自己年岁已高，那边又因家室及生意所累，行动不便，回乡探亲看似无望，就不断来信嘱咐大扣和孙子孙女到玻利维亚去；随后，又三番五次寄来美元，催促大扣去官方办理探亲手续。

到底是去还是不去？一家人分成两派，支持大扣去的是几个孩子，反对的是娘和媳妇。

大扣自己的意思是：爹把钱寄来了，话也说到家了，小的去看望老的也理所应当。如果硬是不去，反而不在理，让别人讥笑。

大扣娘为了阻拦儿子出国，还寻了一回死——当着一家人的面喝敌敌畏。当然，这一虚张声势的行为被立即制止了。

媳妇虽然持反对意见，但不似娘那么坚决。在内心深处，她藏着一种自信，她想大扣到了那边的花花世界，是不会习惯的；他的根拴在这里，就是飞到天边，也会回来的。

最后，还是媳妇去劝婆婆："娘，让他去吧，俺把小培和三个丫头照看好了，俺就不信他不回来。"

"他爹不是照样抛下俺娘俩，一去不回头？"

"那会儿是什么时代？爹想回也回不成嘛。"

"你不懂那老鬼的脾气，牛脾气呀，死犟筋，到时候，就怕他逼着大扣留下去。"

"大扣他又不是三岁孩子，逼能逼得住吗？"

大扣娘让儿媳劝得没了话，眼泪汪汪地叹了口气。

大扣上北京，下广州，折腾了半年，总算把探亲签证的一应手续办齐了。后来从广州到香港，又从香港飞往南美。

村里人都以为大扣这一趟出国，总要待上个一年半载。没想到不过两个多月，大扣竟回来了。

大扣带回很多黑乎乎的叫咖啡的东西，还有很多花花绿绿的衣服和裙子。他挨家挨户，把全村人家都送了个遍。

村里人喝过咖啡之后，多数是大摇其头："这是啥东西，这不是苦不叽叽的煳锅巴吗？怪不得大扣在那外国待不住，成天吃这玩意，不得要命吗？！"

大扣还带回很多奇闻逸事，让白果村的男女老少大饱耳福。不过，人们最关心的还是到那边以后，他爹是如何待他的。

看来，大扣娘对离别几十年的丈夫还是最了解的，她担心的事确实发生了。大扣爹见到儿子之后，颇费心机地想把大扣留下来，甚至立马要给大扣找个华人女子做媳妇，并许诺把两爿规模不小的商店交一爿给大扣……大扣就是不买账，甚至跟他爹大吵了一回。

不久，市里来了个女记者采访大扣。她问道："是什么原因促使你放弃国外优越的生活条件，坚持要回到并不富裕的家乡？"

大扣想了半天，说："俺睡不着觉，在那里俺整夜整夜都睡不着觉！"

大扣说这话后，忽然眼圈发红，不易察觉地叹了口气。他好像想起了什么。

半个月后，大扣精心雕琢了一对石枕，还特意请人做了个木箱子。这天，他赶到市里，把装着一对石枕的木箱寄往玻利维亚。

这对石枕的邮寄费，花了大扣两个月的工钱。

近 邻

不 差 钱

六月，一个周末的下午，我从家乡返回上海的租住处。这是靠近徐家汇的一个小区，建于20世纪90年代初，我住在一幢高楼的六楼。

天气闷热潮湿。一走进楼洞，我就觉得有点儿不对劲，空气里有股腐臭的味道，还有刺鼻的来苏水味；有几个戴着口罩的警察进进出出，在忙乎着什么。我隐约听到一个警察说，已经通知了，殡葬车很快就到。哦，看来是楼里谁家有人去世了，怪不得刚才经过小区传达室时，看到门口聚集了一群保安和居民，在谈论着什么。

死者是个什么人？为什么会惊动警察？傍晚，我忍不住来到传达室，想解开疑窦。

传达室向来都是小区的信息源，里面有两个保安，还坐着一位退休干部模样的老者。一问，他们对死者的情况还真了解颇多。

他六十多岁，算是刚刚跨入老年。是个残疾人，视力微弱，接近于全盲，但自理能力很强；还患有糖尿病及多种并发症，极有可能就是某个并发症要了他的命。

这是个孤僻的人，无妻无子，甚至一辈子没结过婚，一个人住在一楼那套两室一厅的房子里。退休前,他在一家福利单位上班,退休金加伤残补助每月能拿上万元。按说是个阔佬,挣下的财产有几百万,这还不包括他住的房子。这套黄金地段的房子,至少值五百万!当然房子是父母留给他的,不算他的本事。

我感到好奇,他一个残疾人,怎么挣了这么多钱?

退休干部说,他会炒股,是上海第一代股民,炒了二十多年的股票,赚大发了。

一个盲人,怎么炒股?

有盲人专用的电脑软件呀。他还有个收音机,总是拿在手里,听财经方面的消息。他鬼精得很哟。

有这么多钱,怎么不找女人成个家,或者找个保姆照顾自己,何苦孤零零一个人过日子?我还是疑惑。

退休干部皱着眉头说,这人就是怪,这么有钱,日子却过得抠门!我跟他做了十几年邻居,没见他买过一件新衣服,身上穿的多是从居委会拿回的——人家捐献的旧衣服;还有买菜,他都赶傍晚菜场快关门时才去,一元钱买一大堆处理菜,有时还捡人家不要钱的菜帮子,听说一个月呀吃不上一次肉。

有个保安瞪大眼睛说,那他挣这么多钱干吗?这不是傻瓜嘛!

天知道他挣钱为了什么!我看他就是个吝啬鬼,葛朗台!退休干部简直有些愤怒了。他接着披露,这人就是上海本地人,有两个兄弟,哥哥当过某大型国有企业的副总,家庭条件优越,弟弟一家在国外定居,跟他早就没有来往。哥嫂早些年偶尔来看过他,但不知为了什么事,跟他闹翻了,据说是他认为哥嫂对他的财产有所企图吧,所以对哥嫂极为冷淡,甚至翻脸撵人,哥嫂后来也再不来看他了。

一个人没有爱情,没有友情,难道连亲情也不要?这活着还有啥意思呢?

这我哪晓得？这人脑袋受过伤，应该是头脑出问题了。是在当年的自卫反击战中受的伤。他不是军人，是民兵，运送物资上前线，越南人的炮弹射过来，一块弹片把他整个头皮都削掉了，眼睛受了重伤，几近失明，好歹捡回来一条命。但身体的那方面肯定出问题了，对，可能就是那个物件坏了，不能找老婆了；那物件坏了，人的脾气也就变了，变孤独了，连亲情也不要了。

我心里一紧。这是个可怜人啊，之所以选择孤独的生活，看来深有苦衷。

说到这里，退休干部叹了口气，你说这人苦逼死抠有啥意思，腿一伸人一死，没老婆没子女，这财产啊房子啊还不都归他哥哥了？不过我真纳闷，我到他那屋里看过，连个空调冰箱都没有，一台电视机还是老式的，给收破烂的都不收，他这些年挣的钱都哪去了？

保安调侃道，小沈阳不是说，人生最痛苦的事，是人死了钱还没花完。这人一辈子太亏了，挣那么多钱，也没享受一天。要是我，连这房子也卖了，逛遍全世界，天天住宾馆吃大餐，让人伺候……你说他吧，混到临了，也太可怜了，人死在家里好几天，都没人知道。业主来反映，说楼里有股臭味，害得我们几个保安楼里楼外到处找，最后闻出是他屋里传出来的，这才报警，把门打开……

退休干部摆摆手，不说了不说了，想起来就添堵。说来说去，这人这一生可悲可叹可怜，太不值了。

听到这里，我心里的一些疑惑解开了，不过，又像是平添了另一些疑惑。

又过了数日，中午下班回来，经过传达室时，保安喊住我，说那个人的事情上报纸了，你看到了吗？乖乖隆地咚！

我意识到，他说的是一楼那个逝者。我看到当天的报纸上写道:这位严重残疾的老人,多年来隐姓埋名,向贫困地区和各灾区累计捐款两百多万元;几年前,身患重症的老人就立下遗嘱,身后将他的存款及有价证券变现,全部捐给边疆的贫困儿童,这又是一笔百万巨款……

隔 壁 阿 二

阿二是我的朋友。

穿开裆裤时就是朋友。

阿二家就在我家隔壁。

阿二小时候就是个精灵鬼。我们一起和烂泥,我捏小猫小狗小人人,他却捣鼓出一个小汽车,十轮卡,真的一样。

阿二说俺长大了要开汽车,跟雷锋叔叔一样,当个汽车兵。他说这话时好大口气,不像十岁的娃。

其实阿二那时就见过一回汽车,和我一起去看的。我们翻了一座山,坐在那条大路边上,足足等了老半天,才有几辆车开过来。那时候汽车真少。

一晃我们都长大了。我考上外地一所大专学校,阿二验上了兵,天各一方。

阿二来信告诉我,他如愿以偿,当上了汽车兵。信里还附了一张照片。照片上,阿二坐在驾驶室里,一手握方向盘,一手向窗外挥手致意。军装和军车都很新,很神气。相片后面,还有一行题字:童年的梦,变成了现实。

我为阿二高兴。我回信说阿二你别太牛气,你两手把方向盘握得牢牢的。

阿二又来了信,他说哥们儿你放心,这方向盘是打雷锋那接过来的。

一晃又过去四年，我毕业回到眼下这座城市。阿二在部队入了党，复员回了乡。

村部有辆小工具车，司机是个令人眼热的肥缺。我给阿二出主意，我说阿二凭你在部队的表现，你有把握把那工具车磨到手。

阿二没理这个茬。他说那玩意能叫汽车吗？俺要玩就玩辆大的。

看来阿二不再是十几年前那个瘦精精的阿二了。几年兵当得他五大三粗、出口不凡。

阿二说你愣着瞅俺干吗，你忘了俺小时候就是这脾气？

阿二说干就干，东凑西借，又到信用社贷了款。等我又一趟回老家，听说阿二已经开着自己的东风车跑长途去了。

阿二成了村里第一个运输专业户。

阿二成了大忙人。我几次回乡，都见不着面，虽然他家就在隔壁。他娘对我诉苦说，他跑起车来没谱儿，昼夜不分。

我想阿二是拼命挣大钱了。这年月，各忙各的，也就顾不上什么交情了。

没想到有一天阿二突然找到我的办公室。他的驾照叫交警队给扣了。他说，交警队里你有熟人，帮俺一把。

我说阿二你老实说你的驾照怎么叫人家扣去的？

阿二支支吾吾好一阵，才说是他的车超载了。

我说阿二你好贪心啊，既然违了章，那就等候处理吧。

他说哥们儿你不知道，照扣去了，车子跑不成，撂一天在家，俺都揪心地疼啊。

我说你呀自作自受，谁让你这么贪。

话虽这么说，朋友一场，忙还得帮。驾驶证总算回到他手里。

哥们儿你帮大忙了，弄条烟犒劳犒劳吧。阿二临走时从包里拿出一条好烟。

我说阿二你混账。

阿二说你老兄差也，这时间就是金钱，你帮俺省了时间，这条烟就应归你。

我扑哧一笑。我说阿二你哪来的理论，你这几年财迷心窍，把我也当啥人了，你知不知道你这么做纯粹是狗屁。

阿二不恼也不多言，笑笑把烟收起了。

阿二后来更没了音信。我想他该是闷声发大财了。

最近一次看到阿二，竟是在电视上。

这些日子洪水泛滥，电视里净是抗洪救灾的报道。

这天的电视新闻里有这样一组镜头：本市一处涵洞突然倒塌，洪水直泻市区，形势万分危急，蒲包、沉船都用上了，最后有一辆装满碎石的大卡车冲进了决口……

这是一辆农民工的运输卡车。电视镜头给那个在紧要关头自愿献出汽车的农民工来了个特写。

是阿二。

正是那个视车如命、视时间如命的阿二！

俺是个农民工，更是个退伍军人。到这时候，俺只有一个念头：保卫家园……面对记者的录音话筒，阿二的声音嘶哑而坚定。

我坐在电视机前一阵发呆。那一夜我怎么也睡不着，头脑里全是那辆汽车缓缓沉入洪水时的镜头。猛兽一样的洪水，巨大的漩涡……

还有那张熟悉而又陌生的脸……

我不懂鸟语

黑　　土

黑土刚到我家的时候，我是不欢迎的。

黑土是一只八哥，通身透黑，是妻子和儿子从盐城带回来的。妻子的大哥在盐城工作，有个十来岁的女儿，八哥就是儿子的这个小表姐送给他的。

妻儿冷不丁地拎了只八哥回来，我立马表示反对。理由有三：一是家里没闲人，没工夫伺候宠物；二是阳台空间本来就小，再放个鸟笼子，既拥挤又不卫生；三是宠物一旦养熟了，自然就成了家庭的一员，如果哪一天它死了，会引得家人伤心伤神。

可鸟已经拎回来了，按照我家少数服从多数的议事原则，我反对也是白搭。但我提出，鸟是你们拎回来的，喂食、打扫卫生，都是你们的事，我不参与。

八哥在盐城时，名叫帅帅，到家后，儿子将它更名为黑土，与赵本山小品里扮演的角色同名。我问何故。儿子说："你看它是不是又黑又土气？外婆说了，起个难听的名字，好养！"

不过，如今的孩子，可玩的东西太多，儿子对黑土的关注，也就是两三天的热度。他要的只是拥有权，才不关心鸟怎么养。喂养黑土的任务，一开始，就落在了妻子身上。

八哥的食物主要有两种。一种是加工好的饲料，一斤重一袋，红米似的颗粒；还有一种活物，叫面包虫，约一厘米长一条，买上两三元钱，够吃半个月的。天一亮，八哥就在笼子里叽叽喳喳地叫开了。妻子说："黑土饿了，要吃饭了。"于是她起床后的第一件事，便是喂八哥。她一般是先喂面包虫，一条一条用筷子夹着，让八哥隔着鸟笼啄食。一边喂，一边教八哥说话，"你好""早上好"等等。

八哥准确地啄食着面包虫，在笼子里又蹦又跳，显得兴高采烈。间或，它停下来，含混地回应一声，妻子便兴奋地招呼我和儿子："快来听，黑土会说话了。"仔细听听，黑土确实像是在说："你好……"

妻子说，面包虫是八哥的点心，不能当主食吃。喂了十几条虫子后，她便在小食盒里倒进半盒饲料，将装水的盒子里灌满水，供八哥一天食用。不过黑土对饲料的兴趣远不及面包虫，往往吃几口就停下来，蹦蹦跳跳玩一阵子，才又去啄食。

每次打扫完卫生，妻子总要把八哥放出鸟笼，洗个澡。一天，妻子神秘兮兮地把我喊到阳台边，让我观看八哥洗澡的全过程：她打来一盆清水放在阳台上，打开鸟笼上的小门，下达命令："黑土，出来洗澡。"八哥像是听懂她的话，从小门里探头探脑，谨慎地观察了一会儿，便一跃跳出鸟笼。出了笼的八哥并不放松警惕，它在水盆四周转着圈，不时跳上盆沿左右打量，直到确信没有什么危险，才跳到水里嬉闹起来。它一会儿把头插到水里，使劲地甩来甩去，一会儿又勾着头，安静地梳理双翅，接着，它站立在水里，兴奋地扑棱着翅膀，把身上的水珠抖落得干干净净。如此反复三四次，它仍像个调皮的孩子，乐此不疲。这时，妻子又下令道："黑土，洗好了，回去！"八哥歪着头，望了妻子一眼，像是明白了她的意思,又有些不情愿,不紧不慢地迈着四方步,返回了鸟笼。

看到黑土的精彩表演,我十分感慨:"想不到,一只小鸟,竟这般懂事!"妻子瞥了我一眼,说:"你以为这容易呀?这可是我训练了许多次才练成这样。"

是呀,黑土到我家不知不觉一年了,它给这个家带来了生气,带来了快乐。我从最初的排斥,变得渐渐喜欢上了这个小家伙。

黑土的食物快要吃完了,我不用妻子吩咐,便主动去买。妻子的采购点本来只有一个,三四元钱一袋的饲料随时可以买到,但面包虫经常断货。我经过打听,又找到另一家卖鸟食的小店,这样,面包虫就基本上不会断顿了。我还上网查询,了解到八哥可以喂些蔬菜和米面,便把青菜、西红柿等切碎,拌上馒头屑或米饭,让黑土换换口味。

黑土到我家两年多,被我们养得膘肥体壮,身上的羽毛油光发亮,就连叫声都显得底气十足。它成了我们家庭的一员,早晚起居、一日三餐,与我们同步。出差在外,我和妻子打电话,也总要唠叨几句它的情况。平时,只有黑土在家留守。它好像一直在等候着我们,一旦听到家人开门的声音,便兴奋得大声鸣叫。有一天,我父亲到家里来,儿子骄傲地领着他去看黑土,还对黑土说:"快,叫爷爷!"那意思,黑土俨然成了他的小兄弟。

今年春节前一段时间,我和妻子经常加班或应酬,有时要忙到深夜才回家。黑土的面包虫吃完了,我跑了两趟都没有买到。黑土几天没吃到点心,显得闷闷不乐。这天,我做早餐打荷包蛋时,突然灵机一动,随手把几个鸡蛋壳放到鸟笼里,让黑土啄食。我小时候养过小鸡,知道鸡崽特爱啄食鸡蛋壳,便想当然地以为,八哥也会喜欢。哪知道,我这个无意之举,竟酿成大错。

下午五点多钟,我接到妻子一个电话:"你给黑土吃了什么?!"我听她声音有些不对劲,心里一沉:"怎么呢?"妻子好像在哭:"黑土死了……"

我心里"咯噔"一下,连忙赶回家。妻子的眼圈还是红的,告诉我,今天她终于买到了面包虫,下了班就急忙往家赶,可进了门,没有像往常一样听到黑土的叫声,到阳台上一看,黑土竟耷拉着头,趴在鸟笼里一动不动。"黑土黑土,你这是怎么呢?"妻子焦急地呼唤道。黑土艰难地睁开眼睛,眼巴巴地望着妻子,好像喉咙里卡着什么,叫不出声来。妻子看到鸟笼里的鸡蛋壳,似乎明白了什么。她把黑土掏出笼,握在手里,想灌水救它。谁知黑土在她的手心里,朝她望了最后一眼,使劲伸了伸脖子,就再也不动了。

"都怪我,黑土一定是被鸡蛋壳卡死的。"我懊悔不已。"说这些还有什么用!可怜的黑土,一直在等着我们回来救它呀!可我眼睁睁地看着它在手里死去……"妻子说着又哭了。我也潸然泪下。妻子又告诉我,她已经在小区的草地里挖了个坑,把黑土掩埋了,她不想让儿子看到死去的黑土。

可是,我们怎么向儿子交代呀?儿子是个特别敏感的孩子,他要是知道黑土死了,一定会非常伤心的。我跟妻子建议,赶快去店里买只八哥回来,顶替黑土。妻子想了想,说,算了,跟儿子实话实说吧,孩子总归要长大的,他应该经历这些。

黑土死了一个月了,妻子那天买的面包虫我却一直没舍得倒掉,隔两三天还给它们喂些面饼或馒头。妻子问我这些面包虫养得肥肥胖胖的,打算怎么处理呀。我说抽时间送给鸟食店吧。妻子说,要不,咱家再养个八哥吧。我说,你想养,就养吧。隔天,妻子就买了只小八哥回来。晚上,给小八哥起名字,我和妻子还想叫它"黑土"。儿子却说,不,黑土是唯一的,它是第二个来到我们家的八哥,叫它二黑吧!

二　　黑

晚上，和上五年级的儿子通电话，儿子的声音有些不对："爸爸，你以后不用为打扫小鸟的卫生烦恼了。"我急问："怎么啦？"儿子哭了："二黑死了。"

二黑是一只八哥的名字。此前，我家养过一只叫黑土的八哥，是儿子从他盐城的舅舅家带回来的。去年春天，因我想当然地以为，八哥会像小鸡一样喜欢啄食鸡蛋壳，并得以补钙，便顺手把一个鸡蛋壳丢在鸟笼里，让黑土啄食，却不承想，它竟被蛋壳卡死了，害得我们一家三口好生伤心。不久，在儿子的要求下，妻子到花鸟市场又买回一只八哥。为了纪念黑土，儿子给这个新买的八哥起名二黑。

因黑土的死与我的过失有关，心里一直有种负疚感。二黑买来后，喂养和打扫卫生的事我差不多包揽下来，基本不用妻子动手。不过，这个二黑特别让人烦神，它虽是一只雏鸟，但食量比成年的黑土还要大，排泄的粪便又多又稀，简直就是边吃边拉，而且总把粪便排到盛水（供其饮用和嬉水各一个）的塑料盒里。有一阵子，它不知犯了什么病，喂它鸟食和面包虫，它吃一半丢一半，把那些面包虫啄到笼外，在阳台上爬得到处都是。

那一阵，除了二黑，家里还养了两条小狗——小白和小贝，甚至还有几条金鱼，可谓"陆海空三军"齐全。因妻子要上班，儿子要上学，而我做了多年的"家里蹲"自由撰稿人，每天接送儿子上下学及伺候"陆海空三军"之事便责无旁贷地落到了我的头上，经常忙得我手忙脚乱。

别人养八哥的乐趣，是听它"鹦鹉学舌"说几句"人话"，我却少有时间和耐心去调教二黑,所以养了大半年,它连最简单的"你好"都不会说,比起它的前辈黑土,真是差得太远。但有一点还不错,随着时间的推移,它渐渐与我有了些默契:啄食时,撒到外面的少了,就像一个渐渐长大的孩子,吃相文雅了许多;它还跟黑土一样,特别喜欢嬉水,只要打一盆清水,把鸟笼的小门打开,它就会探头探脑地钻出来,跳进水盆,时而甩头,时而扑棱翅膀,即便我蹲在跟前,也并不惧怕,玩得不亦乐乎。直到我吆喝一声:"二黑,不玩了,回去!"它才歪着头朝我瞅瞅,然后不慌不忙地钻回鸟笼。

今年春节,朋友颜兄再顾敝舍,邀我到他在上海的文化公司工作,妻子也说我待在家里多年,应该出去透透空气,以免"老年痴呆",于是节后我便做了些出远门的准备。两条小狗,只能留一条在家,自然是纯种的比熊犬小白幸运地留下,另一条"窜种"狗小贝也不忍心送人,连同一个大狗笼子一起送到了住在相邻小区的父母家。对八哥二黑,妻子的意见也是送人,但她打听了几个亲戚和同事,人家都没有接纳的打算。有天,我专门到宠物街一家卖鸟的小店,跟店主说,想把一只八哥送给她。店主疑惑地望着我问,你的八哥会说话吗?我很惭愧,说它不会说话。店主又问,多大了?我说至少一年多了。店主说,过时候了,不好调教了。唉,白送,人家都不想要,只好留下了。我也有过给二黑放生的想法,却又担心它自小在笼子里长大,食来张口,一旦放出去,它能飞得起来、自己觅食吗?如若不能,这样的放生不是要它的命吗?

三月,我到了上海,白天忙忙碌碌,到了晚上,想老婆孩子,也会想想小白小贝二黑。每到周末,就乘六七个小时的长途客车往家赶。两三个月下来,感觉二黑明显瘦了,有时鸟笼里的卫生似乎几天没有打扫。我当然不能去责怪妻子,她一个人带着孩子,要上班,再腾出手来照料小白和二黑,实在不易!于是,回到家这两天，我总是尽可能地多做些事情，包括早晚出去遛狗，把狗粮和鸟食备好，给小狗和小鸟搞搞卫生……做这些事的时候，我也许流露过烦恼，让儿子听到了，所以有了儿子电话里那番话。

我问儿子，二黑是怎么死的？儿子说，不知道，本来好好的，鸟笼里有食也有水，妈妈下班回来，看到它已经死在笼子里了。

我疑惑了，二黑，这是为什么呢？我上周因事没有回家，十来天前在家的那个周末，天朗气清，给二黑嬉水后，我忽然来了兴致，把鸟笼拎到住宅楼前的小花园里，先放置于一簇花丛中，后又悬挂到树杈上。微风轻拂，鸟语花香，二黑在鸟笼里蹦蹦跳跳，显得异常兴奋。我索性去忙别的事情了，直到傍晚，才把挂在小花园里的鸟笼拎回家。这一次给二黑"放风"，感觉到它对大自然的渴望和依恋，我打算往后每次回家，都尽量把鸟笼挂到小花园里，让二黑多多接触自然，多多自在那么一会儿。没想到，它没有等到这一天。

想到这里，我心里突然咯噔一下：看来，我又错了；我的一番好意，可能酿成了始料未及的后果！

不记得在哪里看过这么一段话：在实验室里孕育、成长的小白鼠，一旦逃出了笼子，见过了外面的世界，就只能弃用或杀掉。因为它们尝过了自由的滋味，另一种境遇和标准在它们的脑中成形、发酵，不可逆地改变了它们……

也许，我把久居狭小阳台的二黑拎出去感受自然的气息，如同让它进入了另一个世界，尝到了另一种幸福的滋味。这样的境况在它的脑子里酝酿发酵，已经彻底地改变了它。它再也不愿意被禁锢在这狭小的空间，它盼望着我把它拎到小花园里，它"茶不思饭不想"，等了一天又一天，可终于没有等到我回家这一天……

代跋一：蓦然回首李建军

他的笑容总是那么灿烂。

初识时，他还是个阳光少年。后来，成了阳光青年。二〇一五年，在一次文学聚会上见到他，乌黑的板寸里，冒出了星星点点的白发。虽然笑容依旧，阳光依旧，还是有一种难以言说的滋味。

我愿意自己老去，却不愿看到后生晚辈早生华发……我无法告诉你，这是一种什么样的感情。想一想：年深日久的笔墨之交，有意无意的耳濡目染，或远或近的相互守望，亦师亦友的默默关切……这一切，是加法吗？不，是乘法；是混合吗？不，是化合。化合之后，便悄然升华，于是乎一种超越友情近乎亲情的情结，就挽在了灯火阑珊的心灵深处，心心念念，沉沉浮浮，在时光的长河里难以释怀。

认识建军之前，我不知道山溪淙淙的云台山里还有一个蟹脐沟。那山的模样竟然像伸出两只巨螯的大螃蟹。就在那个颇有几分传奇色彩的地方，他度过了一个摸螃蟹、钓沙光鱼、在炉火熊熊的牛棚听饲养员讲古、在漫漫冬夜有外婆温暖怀抱的童年。或许因此，他的心里充满阳光。

在南通求学的时候，他已然是一个腹有诗书的文青。毕业那年，一篇处女作在《紫琅》发了个头题。回到连云港，就进了专业对口的港务处。不久，又借到交通局主编交通史。交通史编得很出挑，公安局便抢着要他。最后，他去编制办捧起了铁饭碗。总而言之一句话：顺！

还有更顺的：一九八六年八月，他与莫言、陈忠实等作家肩并肩出现在《北京文学》上。小说《狐狸谷》，犹如一篇宣言，告诉人们：连云港一位青年才俊，气宇轩昂地走进了读者和评论家的视野。

三十年过去了，那小说，即便现在读起来，仍然让人拍案叫绝，赞叹不已。小说以圆形结构，把物欲和情欲、复仇和救赎结构成一个严丝合缝的环。这悲剧性的宿命之环，令人毛骨悚然，却还是欲罢不能。建军把人物、事件、情景都写到极简，多一字太多，少一字太少，只需寥寥几笔，就把你推到彼情彼景之中，恍如置身其间。读《狐狸谷》的时候，我不由得想到曹禺的《原野》、奥尼尔的《榆树下的欲望》。哦，它们之间冥冥中有什么息息相通的地方吗？想来想去，没有想出结果。

但是，一种直感挥之不去：在李建军出手不凡的《狐狸谷》里，我似乎嗅到了经典的气息。这可是一个了不起的开端哪！

后来，不可思议的事情发生了：风头正劲的李建军，突然下海了。先是开公司，随后，又是酒店，又是舞厅。一时间，他疲于奔命，焦头烂额，直到两手空空，做了职业写手。期间，许许多多的人物专访，著作等身的纪实文学，足以证明李建军不是一个懒惰的人。终于，他不再以卖文为生，又有了稳定的工作，回到了业余作家的老路上，重新找回了久违的充实和安宁。

于是，我读到了他质朴走心的《一路走来》。

读罢这本散文集，我想问他：《一路走来》是不是在人生转折点上，对生命的回望？

是啊，建军这一路，真是走得很不容易，很累，累到身心俱疲，欲哭无泪。但是，他依旧阳光灿烂，依旧重情重义。为了李惊涛调离连云港，要到杭州赴任，他无所顾忌地挥泪大哭。我很受震动。从此，对建军这个性情中人有了更深的了解。

如今，连云港的文友们虽然星散四方，仍然亲如兄弟。相聚时，大家跟李建军一样，阳光灿烂地高高举起酒杯：为了他用漫长的岁月完成了一个圆，最终回到了文学之岸。我们干杯，不仅为了往事，也为了共同的文学之梦。咳，文学，说到底，是我们的宿命呀！

举杯的当然有我。因此，我有理由对建军有所期许。我等待着建军在男人最出彩的中年，再展雄风，一步一个脚印，登上梦想中的文学高峰。

建军，我相信你。

周维先

（周维先，江苏宜兴人。1958年毕业于东北师范大学中文系。曾在内蒙古伊克昭盟干部业余大学、伊克昭盟师范学校、伊克昭盟师专任教。1963年调入内蒙古伊克昭盟文联。1980年后，曾任连云港市文学艺术界联合会副主席、主席、党组书记，兼任江苏省电影文学学会副会长、江苏省电视艺术家协会副主席。）

代跋二：在现实风情中开掘人性渊薮

李建军初登文坛时，无疑与先锋小说有染。他的作品不乏先锋小说语言路数上的超脱，却不似先锋小说那样过多地追求文本的翻空出奇。他笃信沈从文、汪曾祺所肯定的依重生活而又能拉开梦幻般距离的创作观念，一直与何立伟、苏童、格非等作家保持着神交，有文化色素，也讲究意象，却更重视在风情、风俗的氛围中开掘人性的渊薮。他在"情感遭遇、文学目的、感知方式、叙述手段等方面"，理所当然地让自己走进了一片新异的荒原；在这里，大师的巨翼尚未投下浓重的阴影。

作为饶有实力的青年作家，李建军初涉小说，就带有比较鲜明的个性特征。有理由相信山林葱郁的北云台与波平风轻的五羊湖在这位青年作家少年时代留下了深刻记忆。这个军人的后裔，自小寄托于外祖母家的"蟹脐沟"，以致这方风水弥漫了他的大部分小说作品。这情形有点儿类似马孔多之于马尔克斯，枫杨树故乡之于苏童。《哦，蟹脐沟》使他脱颖而出；《狐狸谷》在《北京文学》问世后，更是让他获得了评论界与读者的一致好评。此后，《掌心丹》《篱上的秋天》《该死的盐》《寻访记忆》《下乡纪事》和《最后一个伏天》等作品，陆续在《青春》《雨花》《新华日报》等报刊登载。《下乡纪事》还在首届江苏省报刊优秀作品评奖中获奖。这些作品，或者触及生命本原的诱惑（《最后一个伏天》），或者再现泛政治年代里生命遭受的戕害（《箳上的秋天》），或者在操作状态与叙述语言上直逼新潮作家（《随风飘去》）。不仅《北京文学》为他刊发过专门评论，《青春》等杂志对他的作品也颇为看重。这种创作上的良好势头，可以上溯到他参加江苏省作家协会青年作家读书班的时候。当时，大学毕业不久的李建军，与王川、丁可、曹剑、蒋链、王心丽等人一起，悠游于名山大川与文学的莽原之间，领略了人生哲学的熹微；海笑等老作家对这位青年作家的聪颖悟性与隽美文笔予以首肯；而他后来的短篇小说集《寻访记忆》，亦印证了师长们准确的见地。

对文学天赋般的敏感使李建军对小说创作态势始终关注，而博览群书又使他能够在创作上保持着对文学脉搏的准确感应。社会、历史、血缘、家族势力、官本现象、民俗风情，都被他统摄于人性的深潭中加以观照。所以他的小说总是能够祛除时间局限的投影，走进读者的内心世界撩拨心弦。从《狐狸谷》到《最后一个伏天》再到获得首届"连云港文学奖"的《随风飘去》，溅起的无不是人性的新波旧澜。人是生而自由的，却无往而不在枷锁之中，也许是这篇获奖作品的文学要义。当然，李建军对于人性的思考不是抽象的，而是占据了相应的生活质地。因此是否可以这么说，生活是李建军小说创作的原野密林，人性的观照则是进入密林深处的蹊径。我们相信，在这种状态下李建军所写出的作品，读者是能够通过小道的跋涉，豁然看见一片更加宽阔壮丽的景象的。

时间仿佛以跳跃的方式进入21世纪，这是针对作为作家的李建军而言。近年来，他的中短篇小说集《亲爱人间》、报告文学集《爱的风景》、散文集《一路走来》陆续出版；《借粮》《进步》先是入选卢翎博士遴选的《2014中国微型小说年选》（花城版），后又入选中国小说学会和《名作欣赏》杂志联合选编的《2014年小小说选粹》（北岳版）；《小村风流》《养狗记》等数十篇小说、散文,在《四川文学》《短篇小说》等报刊发表;散文集《一路走来》更是获得了第二届"花果山文学奖"。

　　列举李建军这些新的文学成果,想要传递的是一个实力派作家在小说文坛复出的信息,意味着生活粗粝的风刀霜剑不但未能削平他执念于文学的意志,相反,还为他的创作积蓄开拓了更多的矿藏。他曾经辞别众人艳羡的国家机关,用数年时间"下海"经商,开过广告公司、歌舞厅,为拓展业务千里走单骑,自驾于莽莽苍苍的大别山区;也曾作为《家庭》《知音》《民主与法制》等知名杂志的专栏作家,采写大量纪实文学作品,在忧伤乃至愤怒中走进主人公的内心世界,以文字抚平当事人心灵创伤,以作品弘扬人间大爱。李建军以纪实作品桥接了自己的文学创作,使他的小说新作的问世,变得特别值得期待,一如我们当代小说进入21世纪后,不会辜负读者的期待一样。

李惊涛

　　(李惊涛,1983年毕业于北京师范大学中文系,后留校任教。现为中国计量大学中国文学研究中心主任、人文社科学院教授。曾担任连云港电视台台长、连云港市文联秘书长、江苏省作协理事等职务。中国作家协会会员。)